JN106874

1. 予兆

その日、久しぶりに会った高司は、相変わらず元気な様子ではあったが、前に会った時よりいくらか白髪が増えているようだった。

そう言えば、院長になってから、「ちょっと貫禄を付けんとな」といって蓄えた口髭にも白いものが交じり始めていた。

「高司やないか。久しぶりやな。どう、相変わらず忙しいんか」

その肩幅の広い背中を見たとたんに彼とわかった私は、その背中に近づきながら声を掛けた。

ある学会の会場で偶然に出会った高司は、私の声に振り返ると、

「やっぱり倉田か、声でおまえとすぐに分かったで」と、いつもの笑顔で近づいてきた。

「やあ、久しぶり。それにしてもおまえは変わらんなあ」と近づいてきた高司が、いつものように右の手を差し出してきて握手をすることになった。

毎回、再会するたびに、それを祝う儀式のような握手ではあったが、同時に、離れていた時間を瞬時に縮める儀式でもあった。同時に、互いに力を込めて握り合うことで、「ま

だ、元気やぞ」と確認しあうことにもなっていた。

「おまえも来てるやろうと思うてたとこやったんや」

「そうはいうても広い学会場やさかいに、なかなか会えへんわな」と、高司は自分を納得させるように言うと、「さっきの声ですぐにお前とわかったで」と人懐っこい笑顔で繰り返すと、早速言いたいことがあるんや、とでもいった様子で周りを見回した。

そんな高司のしぐさにそれと気づいた私は、高司が何かを溜め込んでいるようだと察することができた。これまでの長い付き合いでそれと分かる「気」のようなものであった。

高司は、ちょっと顔を引き締めると、「ちょっとええか。そこに座ろうか」と、会場ラウンジのソファに私を誘った。


お互いに医学部を卒業後、同じ大学の医局に入局してからすでに30数年の年月が流れていた。

私、倉田一平と高司謙二は、卒業した大学は別々であった。

私は、実家から離れた地方の大学医学部を卒業後、地元に帰ることにしたのだが、高司は元々私と同じ地元であり、彼の方はすんなりと地元の大学医学部に入学していたという次第で、卒業後同じ大学の外科医局に入るということになったのだった。

医者の間ではこれを字のままに「入局する」と言っているのだが、平たく言えば、一般の会社でいうところの入社、就職ということであり、私と高司は同期生ということになるのである。

卒業した大学は別々でも、同じ外科医を目指す人間は、どうやら同じ匂いがするらしい。しかもお互いに学生時代には、種目は違いこそすれ運動クラブで励んでいたこともあり、初めて出会った時から、時間を置かずして学生時代を共に過ごしていたかのような「俺、おまえ」の仲になっていた。

入局後は、新人医師に取っては厳しい日々が待っていた。ちょうど一般企業での新入社員に対する研修と同じで、数か月間にわたって、早朝から大学の錚々たる諸先輩方が入れ替わり立ち替わりで外科医になるための心構えに始まり、外科医の基礎的な技術指導、中でも手術における助手としての糸結びのテクニックが厳しく指導された。

最近では鏡視下手術が普及し、クリップと呼ばれる結紮のための器具も開発されてはいるが、やはり手術は「手」で行う「術」であればこそ、血管を切る際などの糸結びは手術の基本中の基本なのである。

こうした研修は、そのやり方や期間に多少の差こそあれ、外科であれ内科であれ、各科でその時期には行われているものであった。もちろん、目的は学生時代の怠惰な生活から社会人としての生活に切り替えるためと、なにより人の命を扱うという仕事への真摯な取り組み方を叩き込むためのものではあるが、これも一般企業と同じではなかろうか。

勢い、新人外科医達は、そうした薫陶を受けながら、早朝からの講義中も廊下を歩くときも、術後に余った糸をもらい受けたものを手に持ち、時には自分の白衣のボタンに、またある時は机に置いた自分の筆箱の金具にと、糸を巻き付けては糸結びの練習に励むことになった。

こうした早春の一時期、外科医局や外科病棟では、白衣に糸が付いた若い医師達が歩き回ることとなり、事情をよく知るスタッフの苦笑いと、事情を知らない患者さん達の失笑を誘うこととなるのである。

そうした新人時代から妙に気のあった二人ではあったが、私は将来の開業も見据えて、比較的中堅クラスの病院を希望して研修に出たのに対し、高司は大きな病院での外科専門医としての将来を希望し、基幹病院での研修に入っていた。親がサラリーマンである自分とは違い、高司は両親、兄弟も医者という関係からでもあった。

現在の研修医制度では、最初の2年間はいくつかの科をローテーションし、3年目からの後期研修で自分が希望する科の研修に入るようではあるが、当時はいきなり希望する科だけの研修に入るという制度であった。したがって、私も高司もいきなり外科で否応なく実践へと駆り出されたといったことであった。他の科でのことは知らないが、当時、新人は「ノイヘレン」と呼ばれており、私はこのドイツ語の響きを気に入っていた。しかし、後に父親ほどの大先輩から「ノイヘレンというのは、ドイツ語で新兵のことだぞ。知ってたか」と聞かされ、妙に当時の愛情あふれる厳しい扱われ方を納得することがあった記憶がある。

そんなノイヘレン時代を共にした高司との付き合いも30数年が過ぎ、今ではお互いにそれぞれの病院で重要な役割を担うことになり、それなりの立場になっていた。そして、そうした立場になってはいても、病院の管理職の仕事だけでは飽きたらず、相変わらず学会での勉強を続けているということでもあった。もっとも、若い頃には、お互いに学会での発表や、学術論文の投稿を競い合っての学会出席であったが、最近では、専門医の資格更新に備えて忙しい業務をやりくりして学会出席しなければならなくなっているのが実際ではあった。

「本当に久しぶりやなあ」

ロビーの壁際にあるソファに座ると、改めて高司が言った。

「そうやなあ、結構同じ学会に来ているはずなんやが、行き違いが多くてあんまり会えへんもんやなあ」

私が答えた。

「ところで、仕事は相変わらず忙しいんか。俺は雑用ばかりが増えてるわ」

高司はそう言いながら座り直し、体をソファの前の方へとずらすと、私の方へ顔を近づけた。

『なにか人目を憚る話かな』と、彼の動きから察知して、私も少し体を前に傾けた。

こんな、ア、ウンの呼吸がお互いの仲をここまで保たせている秘訣かもしれない。

「おまえ、新しくできた瀬戸内大学医学部の沢良木って奴の事、聞いたことあるか」

案の定、高司は小声で私に尋ねた。

「いや、あんまり聞かん名前やなあ」

私も小声で答えた。

「まあ、同じ外科やけど、俺たちよりはちょっと下なんや。それが、どうも教授になりたいんか、いろいろと派手に動き回っているみたいなんや」

なるほど、同じ外科医の噂なら小声に限る。なにしろ、そこはまさに外科系の学会会場のど真ん中であったのだから。

「それがなあ、ちょっと前に、うちの医師会の講演会に来たんやけどな、それが酷いんや」

高司が続けた。

「まあ、最近売り出し中の沢良木っちゅうことで、興味もあったんで聞きにいったんやけどな…」

どうやら沢良木なる人物は、高司の勤務する病院がある地域では、それなりに名前が通り始めているらしかった。もっとも、良い意味ではなさそうな雰囲気ではあった。

高司は、その講演会の事を思い出しながら話すうちに怒りからか、少しずつ声が大きくなり、そのことに気付くと周りを見渡しながら、そのたびに声を小さくし直して話を続けた。

「それでは、沢良木先生、よろしくお願い致します」

講演会の座長の紹介を受けて、沢良木がステージに上がり、講演を始めた。

ステージに立った沢良木は、華やかな笑顔を見せ、

「ただいまご紹介に預かりました沢良木健太でございます。先生、過分なご紹介を賜り有り難うございました」と、演者としての沢良木の経歴を簡単に紹介した司会者に礼を述べることから口を開いた。

細い金縁のめがねを掛け、普通の人間ではとうていしそうにない派手な柄の付いた真っ赤なネクタイをして、これまたテカテカと光るストライプのスーツに身を包んだ沢良木は、医者とは思えない出で立ちであった。そうとは知らない人が見ればタレントかどこかの商社マン、ただしあまり品の良くない方の、と思うのではなかったか。

高司も、その派手な風体に同業者として違和感を持ったと言うが、それでもにこやかな受け答えと話術に、『なるほど、名前が出てくるはずや』と思い直したという。

地元医師会の理事も務める高司は、講演前の打ち合わせですでに沢良木と挨拶を交わしていたが、学術担当の理事と交わす如才ない受け答えと耳障りの良い言葉の羅列に、『噂と違うのでは』との感触を持ったと言うが、すぐにそのメッキは剥げることとなった。

講演は通常1時間程度の予定であることが多い。沢良木の今回の講演もその予定であったが、講演の半ばに差し掛かった頃から自分の講演に酔ったような顔つきとなり、さらに講演が終盤に入ってくるとヒートアップしたとでもいった調子でその本性が見え始めてき

たのだった。

講演は、今までの定説や一般的な手術成績の紹介から始まり、いよいよ自分達がやってきた成績のスライドへと入ってきていた。

「これまでの本疾患に関する治療成績は、これまでに述べましたように、一応の評価は得ているものの、決して十分満足できるものではないと思われます」

沢良木は自分の発言に刺激を受けたかのように顔を紅潮させ、下卑た笑い顔のような表情になっていた。

「スライド、お願いします」

ステージのスクリーンに、沢良木がまとめた手術症例の成績が映し出された。

「私が、いや、私たちがやってきた手術の成績です。過去10年間で213例が実施されましたが、患者さんの満足度で「よかった」、「まあ良かった」の両者で80％以上の成績であり、私たちの術式が一応の評価を得られているものと考えております」

沢良木の顔がさらに上気して見えた。

術式の詳しいスライドが続いた後、

「このように私の300例弱の経験では、この新しい術式が満足する結果をもたらしうると結論づけられると判断しております」

沢良木の名（迷）調子は、終了予定時刻を過ぎても続いていた。

その頃になると、沢良木の異様なまでの熱のこもったしゃべり口と、その口から出る数字や成績に対する異様なまでに高い自己評価に、会場のあちこちで冷ややかな反応が出始めていた。

一般に、医者というものは、案外自分には甘い評価をくだすものであり、お互いにそこは甘受してはいるものの、その許容範囲を超えての自画自賛が繰り返されていたのである。

高司の周りでも、そうした冷ややかな反応が出始めてきていた。そして、高司の病院から一緒に出席していた若手で勉強家の田所が高司に声を潜めて聞いてきた。

「先生、沢良木先生って、卒業された大学病院から瀬戸内大学に移ってまだ5、6年でしたよね。それで10年間全部を自分がしたみたいに言ってますよね」

「うん、まあね」

高司は、周りに気を使って、手短に答えた。

「でも、あんな珍しい疾患を10年で213例って、1年平均で20例ちょっとでしょ。月にすると2例弱ですが、そんなに手術症例があるのかなあ」

田所は、暗算して見せると、納得がいかないと言った顔で独り言のように続けた。

確かに瀬戸内大学の外科では、彼が来た5、6年前からこの疾患に関する発表や論文が急に増えてきており、地元の高司も注目することになってはいたのだった。大学では、往々にして実際の実力以上の「成績」が出てくることがあり、それなりの冷静さを持って見ていく必要があるからであった。

「それにしても」である。

沢良木の発表した疾患は、その道の専門家であればよく知っている疾患ではあったが、決して多いものではなく、だからこそ講演の題材になったとも言えるのである。

また、現時点での治療はまず内科的治療、すなわち薬を主体とした治療が選択されるのが主流で、手術が選択されることは、それなりに進行した症例に限られているのである。沢良木の意見は別として、一般の治療指針の本にはそう記載されている。

高司自身も、これまでに何例かの症例を手術した経験があり、それぞれに学会報告もしていた。高司の30数年の経験で、しかも地域の中核の病院でそれだけの数しかないという珍しい病気であり、手術による治療となると学術論文として報告できるだけ珍しいということでもあった。

それだけに、沢良木が言うところの手術症例数が真実だとすれば、ベースになる内科的治療を行っている症例はいったい何例あるのか。この疾患の珍しさから言えば「有り得ない数字」といったことになると思われたのである。

『一体、いつ頃から瀬戸内大学にそれだけの症例が集まったんだろうか』であり、『それだけの手術が良くできたなあ』であった。

それにしても、途中から「213例が私の300例弱の症例になっているのは何故なんだ」であり、「手術適応はどうなっているんだ」であった。

高司にもそうした疑問が湧いてきて、いろいろと考えているうちに、大幅に時間を過ぎて講演がやっと終了した。

壇上で満足げな表情で汗を拭く沢良木に司会役の座長が声を掛けた。

「先生、大変膨大かつ貴重な症例のご発表を有り難うございました。少し時間が過ぎていますが、なかなか先生に直接お聞きできる機会は少ないと思いますので、フロアーの先生方でなにかご質問、ご意見はございませんか」

座長は、慣例的な発言を終えるとフロアーに視線を移した。

会場は発表中のざわつきとは逆に、発表が終わり明るさを増した照明に照らし出された沢良木の表情に圧倒され、妙に静まりかえっていた。そこには、自分の発表に酔ったように上気した沢良木の姿があった

「どなたかご質問は」と座長が催促しかけた時、

「はい」と若い医師が手を挙げた。

「山上病院の小笠原と申します。先生のご高名はお聞きしていましたが、」

若手の媚びを売るような前置きの言葉に、会場から失笑が漏れ、場にざわつきが戻った。

「大変多くの症例を手掛けておいでですが、手術適応はどのように考えたらよいのか、もう一度ご説明いただけませんでしょうか」

若手の質問が終わった。前置きは別にして、手短だが核心を得た質問に、しかも演者にとっては「嫌な」質問に、場内は再び静まりかえった。

「恐れ入ります」

沢良木が質問への返答を考えているように少し間を置いた。

「私どもでは、患者さんのＱＯＬを考慮しまして、あまり症状が強くならないうちに、つまり内科的治療であまり長く引っ張らないで手術をした方が良いと考えています。そのために、若干は他の先生方の報告より手術症例の割合が多い可能性はあると思っておりますが、結果としてお示ししましたような90％近い方に満足いただけている結果を得ており、引き続き検討を重ねていきたいと考えております」

ここでも、発表時の「80％以上」が「90％近い」となっていた。

ところで、ＱＯＬとは"quality of life"の略であり、「生活の質」と訳され、治療する際に尊重されることの一つとされている。最近の医療界における流行言葉の一つであり、沢良木もそうした言葉を随所に使い、聴衆の関心を集めようとしていたのだった。

『上手くかわしたな』と高司は思った。

『なるほど「口だけは上手い」と誰かが言っていた通りだ』とは、会場の皆が感じたことのようではあった。

しかし、症例数が一般の常識とあまりにもかけ離れて、つまりはそれだけ多くの手術ができるのか、そもそもそれだけの症例が集まるはずがない、というのが正直な感想だった。そして、それが会場にいる医師達の正直な考えのようで、会場の至る所でそう考えているといった顔が並んでいた。

いつの講演会でもそうだが、講演に対する評価という意味合いで、ある種の「雰囲気」が醸し出されるものではある。もちろん、今回は「負」の雰囲気と言ってよかった。

それに、そんなに成績が良いのならもっと全国学会で発表すれば良いのに、である。

「有り難うございました」

沢良木の返答が終わるまで、フロアーのマイクスタンドのところで立ち、頷きながら聞いていた質問者が、礼を述べて席に戻った。

「他にはご質問はございませんか」

座長が続けた。

会場内には、ある種白けた雰囲気が漂い始めていた。高司も、『質問する価値もない』という気持ちにさせられていたが、そうした会場の雰囲気も沢良木には通じていないといったことではあった。

座長のほうでは、そうした雰囲気を見て取ったのか、「それでは時間も過ぎておりますので」と断ると、沢良木の講演内容には一切触れないままにありきたりの文言で礼を述べると、講演会の終了を告げた。

会場にいた医師会員達は、さすがに講演の途中に出るわけにもいかず、空いた腹具合を気にしながらも耐えていたが、座長の終わりの口上が始まると、その挨拶が終わらないうちからしびれを切らしたように立ち上がり、ざわざわと会場を後にした。

高司も、一緒に来ていた田所とその波に乗って会場の外へ出ることにした。

高司の胸の中には、なにか腑に落ちない気持ちと、嫌なものを見た時に生まれてくる不快感が満ちていた。

高司を見失わないように懸命に付いてきていた田所も同様の感想のようで、高司に追いつくといきなり切り出した。

「やはり噂通りでしたね」

「えっ、噂って」

高司がとぼけるように答えると、

「先生はご存じなかったのですか。あいつはどこかの医大を卒業した後、箔を付けるために瀬戸内大学に入局したって話ですよ。それに、あいつは学生の頃から「金の」とか「ゴールドの」と言われていて、あまり良い噂がないって話ですよ。まあ、今回は興味半分で来てみましたが、これほどとは思いませんでした」

「あいつって言うのはいただけないなあ」

高司が窘めると、

「あんな奴の名前を口にするのも腹立たしいじゃないですか」と田所が何かに怒りをぶつけるように言った。

「ごもっとも」

高司は、立場上一応の注意をしたが、田所も同じ事を考えているんだと安心し、それでも田所に聞こえぬ程度に呟いた。

曲がったことが嫌いな熱血漢の田所は、腹に据えかねたように大きな声で話していたが、高司もそれを敢えて制止する気にはならなかった。

「それにしても、これほどとは私も思ってはいませんでした。田所先生も、その噂をご存じだったんですね」

高司が、周りに人が少なくなった頃合いを見計らって答えると、

「なんだ、先生もご存じだったんですね」と、田所がほっとしたような表情をして、胸を張ってみせた。

「先生、こんな夜は少しアルコールで消毒して帰りましょう」

少し元気を取り戻した田所は、普段兄貴とも父とも慕う高司に夕食をねだると、今夜はラッキーと明るく笑った。

高司もそんな田所に、

「そうだね、験直しにちょっと寄り道して帰ろうか」と答えていた。

沢良木の講演会にまつわる一通りの話が済むと、高司はソファーに深く座り直した。

「まあ、うちの若いもんが怒るのも無理はないし、医師会でもしばらくの間、なんであんな奴を講演会に呼んだのかって、学術担当の理事が責められてたよ」と続けた。

「いろんな奴がいるけれど、今の時代にそんな奴がまだいたんやな」

私が答えた。

「ああ、まだまだこの業界も垢抜けしねえよな」

高司が吐き捨てるように言った。

「それとも、瀬戸内大学がだらしないのかなぁ。そのうちどこかの教授選に出るって噂もあるし、瀬戸内大学としては体よくあいつを追い出してやっかい払いをするってぇ腹だろうな」

高司が諦め顔で話し、「まあ、そんなことにでもしなきゃあ、大学もどんどん評判が落ちていくだけだろうしな」と私が答えた。

その時の私は、自分が勤務するエリアが沢良木の所属する瀬戸内大学のエリアとは離れていることから対岸の火事とでもいった気持ちで、興味本位に聞いていたことは否めなかった。面白い話を聞いたので、病院に帰ったら、「今時こんなひどい話があるらしい」とでも言えば、ちょっとした時間潰しになるかなといった程度の軽い気持ちでいたことは確かだった。

それからしばらく雑談をした後、高司と私はそれぞれに、「じゃあ、またな。おれは次のシンポジウムを聴きにいくよ」、「そうか、俺は午後の特別講演を聴いてから帰るよ」と言い合うと、再会を期して握手すると、それぞれ反対方向へと別れたのだった。

この別れのシーンも、いつもと一緒であっさりしたもので、知らぬものが見れば、明日また会う同僚とでもいったものであった。

それから数年後、あの沢良木が私の勤務する地域に来ることになろうとは、その時には夢にも思わずにいたことではあった。

しかし、それは長く暗い悪夢の始まりとなるのである。

2. 医局

私は、自分が高校生の時に、祖父が胃癌で亡くなったことをきっかけに医師を志し、祖父をこの世から奪った癌を切り取りたいという一心から、医学部卒業後は迷わず外科、その中でも消化器外科を選んでいた。

一方、高司は両親と兄が医者と言うことで、「ベルトコンベアーさ」といった具合に医学部に入ったと事あるごとに聞かされていた。

受験戦争を勝ち抜くだけ優秀であったからこそではあるが、入局後の飲み会で学生時代の話が出るたびに、高司はそう自嘲気味に言ってはいたが、半分以上は照れ隠しだったのだろうと、私は今でも思っている。

この医者の世界では、案外そうした経緯で医師という職業に就いた人間が多いのも現実ではあるし、素直に子は親の背中を観て育つといえば良いのだろうか。

「おまえは偉いよ、自分で決めたんだからな。俺なんかは、本当は、自分が何になりたいかって聞かれてもわからなかったってことさ」とは、高司がこの話の最後にいう決まり文句だが、この愚痴が出始めるとその場の話は煮詰まったということであり、お互いに話題を変えるという暗黙の合図になっていたのだった。

なにしろ、それ以上にその話題を続けると、何故か私への八つ当たりが始まるわけで、それだけ、その頃にはお互いに気心の知れた仲になっていたということでもあった。

「それでも、最後だけは親の言いなりにはならなかったぜ」

これは、いつもより酒量が多くなった時の高司の決め台詞への前置きで、「内科を開業していた親父の跡は兄貴に任せて、俺はしたいことをすると宣言したんだ」と続くのだった。そして、少し呂律が回らなくなりながら「自分の性に合った外科を選ぶことだけは自分で決めたんだ」と、最後の台詞を言うのが常となっていた。

この決め台詞の前置きが出てきた時には、今度はそろそろ帰る算段をするのが、いつもの私のお役目であった。

そして、今や、高司はある地方の中心的な公立病院の院長として、また現役の外科医として今なお活躍しているというわけである。

ところで、私自身は消化器外科を選んだうえで、いずれは故郷で開業を考えていたため、開業してからやりたいと考えている内容に近い中規模の病院での研修を希望し赴任先を決めていた。

結局は、そうした赴任先での居心地の良さと、外科は複数の医者がチームを組んでこそ成立する医療とわかってきたために開業を諦めることになったのだが、今になってみれば、勤め慣れた病院で気心の知れた仲間たちと外科医を続けてこられたからこそ、高司と同様に、今でもメスを持つことができているのだと感謝することになっている。

そして、今では、お互いに外科の診療業務に加えて、病院全体の医療事務や対外的な医師会の仕事も担当することになっていた。時には、本来の診療業務を圧迫されることもでてきており何かとストレスの多い職場となってきていたのである。それだけに学会などでの予期せぬ再会の時の会話では、互いに昔の自分たちに戻るというだけではなしに、今回のような地域を越えた、しかも腹を割った情報交換もできるということであった。

私が今の病院に赴任したきっかけは、医局の人事の流れに乗ってのものであった。

当時、医学部を卒業すると入局という一般で言う就職をした後、その医局のトップである教授の指示でいくつかの病院に2、3年ずつ勤務して研修をすることになっていた。その教室が持つ関連病院へ赴任し、外科医としての知識や技術を叩きこまれるのである。こうすることで、卵から孵ったばかりのひよっこ外科医が、曲りなりにも一人前の外科医へと成長していくのである。

もちろん、赴任する関連病院の大小や、それぞれの施設で得意とする分野の違いはあるにせよ、何か所かの関連病院での研修を経ることで、同期生たちがそれなりに一定のレベルに到達するという塩梅であった。

そして、卒後5、6年が過ぎ、一応の技術や知識を身につけた頃になると、大学病院に呼び戻されるのが常であり、希望者はその後数年間の研究生活を経て医学博士を取得することになるのである。

そうした「研究生活」が終わると、改めて地方の病院へ一人前の外科医としての赴任を指示されることになる。

入局すると、こうした一定の期間ごとの流れがシステム化されており、そのシステムに則って、大学側は医師を育成することを保証すると同時に、入局者を確保するということになるのである。そして、一定の年月を経て、外科医として一定のレベルに達したと判断されると、それぞれの個人的事情や希望に合わせた進路決定がなされていくのである。

過去には、教授が絶対的権力者としてその力を振るったようではあるが、最近では多くの大学で民主的運営がなされてきているようである。またそうしなければ、現代っ子相手の事ゆえ、入局者の数が減ってしまうことになってきているのも現実のようではあった。

こうした民主化のお陰もあって、研究生活を終えた後の一人前としての赴任では、可能な限り本人の希望が優先され、一定の期間を置いて開業するなり、親の病院に戻るなり、あるいは地元に近い病院へ赴任を願い出て実家の両親の面倒をみるなどという流れになるのである。

そうした流れの中で、地方の基幹病院で修練を積んだ後に大学に戻り研究を続ける者もあり、こうした人材の中から次期教授候補も生まれてくるのである。

案外、多くの医師達が、こうした大学の医局によるリクルートで職を得ており、あるものは勤務した病院での人脈を足がかりにして近くで開業したり、あるものは赴任先の病院を気に入って定年まで勤務することになっている。

時には、どこかの沢良木某のように、自分のキャリアアップばかりを考えて、大学や職場を渡り歩く輩もいるようではあるが、往々にしてそうした輩は根無し草のようになるのが関の山となるのである。

しかし、一方でそうして経験を積みながら、真に優秀で周りから押し上げられるように指導者としてその能力を発揮する人物もあるのも事実ではある。もっとも、そうした人は少数派で、多くの場合、名が出てくる人物は、自ら名を売ろうとして遮二無二周りの人間を押しのけ踏み台にしてのし上がる輩、波乗り宜しくキャリアアップに励む輩であることの方が多いというのが、残念ではあるが現実のようである。

この、大学医学部における「医局」なるものは、明治以後の医学部の創設以降、卒業生たちの中で、師と仰ぐ先生（教授）の下に同好の士が集まるようにして自然発生的にできた「グループ」とでもいったものと考えられている。

この医局制度によって、明治以降の医療体制が充実していったともいえ、さらにそれぞれの科目ごとの成長もこの医局制度を中心になされたといっても過言ではない。さらには、医局の存在は採算の合わない地域や医療設備のない過疎地にも医師を派遣し、まさに日本の医療の末端まで支えてきたのである。ただ、最近では、若い医者の中で、そうした束縛を嫌う風潮も出てきているようで、ある意味での医療システム崩壊の予兆と個人的には危惧している。

3. 教授選

沢良木は、例の講演後も、瀬戸内大学の医局に出入りする製薬会社のＭＲを捕まえては、製薬会社絡みや医師会関係の講演会、研究会などを紹介させ、時には無理矢理研究会を作ってまで、自らを売り込むことに励んでいた。

こうして、講演行脚に励む彼に、実際の手術や地に足を付けた医療ができているはずはなかった。

しかし、こうした「現場」が外からは見えにくいのも大学であり、未だに医療界では表に出てくる学術的「業績」だけが実績として評価される風潮が強いのも現実である。なにしろ、そうして「教授」なり「指導者」になった者達が、また次のそうしたものを選ぶという、時として「負の連鎖」が出来上がり、そこから抜け出せないシステムが確立されることになるのだから。

ところで、ＭＲとはMedical Representativesの略で、平たく言えば各製薬会社での営業マンのことである。以前は、宣伝（プロパガンダ）を行うということからプロパーと呼ばれていたが、数年前からＭＲと名称を改められ、それなりの資格試験を受けての専門職ということになっている。

国の指導もあって、現在では純粋に製品の宣伝行為を行うのみで、建前上薬の納入価格などの値段交渉はできないことになっている。特に、最近は買い手である医師へのいろいろなサービスも禁止されてきており、本来の情報提供に絞られてきている状況にあった。

その昔、ちょうど高司の父親の時代には、プロパー自身が出入りする医療施設への納入価格を決める権限があったようで、時には納入薬剤数にその数倍のおまけが付いたといった話もあったようであった。さらには、学会に参加する医師に同行するなどして、いろいろな便宜を図った時代もあったという。今から考えれば想像すらできないこともあったようではあるが、そうした社会通念上不適切なことが廃止されることになってきたのは、もっともなことと言わねばなるまい。

ただ、現在でも、ある薬がその大学や医局で採用されたとなれば影響力は大きく、関連病院での売り込みが容易になるのである。また、医局からの指示で、特定の薬の効果判定や副作用の調査を行う「治験」といった研究の対象に採用されれば、その使用量は一気に何倍にも増加してくることになる。そのため、今でも大学におけるMRの宣伝活動、否、広報活動は重要なものであった。

沢良木は、そうしたMRの弱みを知り抜いており、巧みにその弱みにつけ込んでいた。はじめはソフトに、そして相手が抜き差しならぬところまで関わってきたとみると、傍目にもあくどく、時には「MRが顎で使われている」、「引きずり回されている」と言われるほどに、ほとんど恫喝まがいにその医者という立場を利用していた。その中で、時には物での要求を行い、時には金の無心を繰り返し、「その時」に備えていたのであった。

「ねえ、今度の新薬、良いらしいね。いろいろ聞いていますよ。私から根回しして採用できるようにしても良いけどね」

例の笑顔を向けられたMRは、当初、心から感謝しお願いに努めることとなった。しかし、それが「蟻地獄」の始まりであった。

「蟻地獄」。最近では、そうした沢良木のやり方をMR達がそう命名し、恐れられているのである。

例の笑顔に安心して「お願い」をしたMRは、何度かの訪問の後、必ず次の台詞に出会うこととなっていた。

「あれ、何か忘れてないかな。おまえさんの成績も上がったろうし、帰って営業部長にちゃんと話してから出直してこいよ。他にいくらでも似たような薬の依頼はあるんだからな」

沢良木は、相手がもう引き返せないところまできたのを確認すると、仮面の下に隠した素顔を曝け出し、露骨に、しかし証拠が残らないように迫った。

「何をどうしたら良いか、よぉっく考えてみるんだな」

通常、相手を脅すと言っても、金の要求や金額を言ってしまうと「恐喝」が成立するという。あくまで、「相談」であり「アドヴァイス」であった。また、それが沢良木の手であり、相手は深く暗い蟻地獄の穴に吸い込まれる想いがするというのである。

沢良木は、こうしたあくどいやり方で着々と金を集め、集めた金を豪華な服や酒、女につぎ込む一方で、さらなる飛躍を目論んでいた。

それは、あろうことか、医学部の頂点である教授の席であった。

通常、教授選に出る場合、それが今いる大学であればなおさらのこと、また、他大学の教授選であっても、現在属している医局のトップに当る教授の推薦なり勧めがあってのことではある。ただ、沢良木の場合には、自分から「どこかの医学部の教授選に出たい」と申し出たことであったが、上司として指導する立場の教授にしても、きな臭さが漂う沢良木には早く出ていってほしいという気持ちの方が先に立って、「そう、頑張ってくださ い」とだけ言って放置したということではあった。実際、今の医局に入ってくるときも、強引に「お願いします」と押し掛けてきた経緯があり、最初のうちは「変わり者」で通っていたものが、次第に「困り者」となっていったわけで、教授も「出て行ってくれるのなら」というのが本音のようでもあった。

もっとも、沢良木は、その一言で「ご推薦を頂いた」と公言することになり、なんでも自分に都合よく考えられるという才能があるようであった。

そして、ついに沢良木が動き出した。

瀬戸内大学からは少し離れた中部地区にある老舗の中部大学医学部第2外科の教授選であった。

沢良木にとっては、今いる地区よりは少し離れている方が、いろいろと事情が知れずにいるのではないかとの計算もあってのことではあったが、一旦教授が決まれば10年単位でその席が空くことはないわけで、とにかく、外科の「教授選」となれば、どの地域であれ、手当たり次第に出馬する覚悟でいたということではあった。

沢良木は教授選に立候補するにあたって、前任の教授への挨拶も考えたが、当然、後継者としての候補者を推薦するに決まっており、沢良木からすれば対抗馬となるのだから端から無視することにして、その大学で一番の権力者と思われる人物を調べ上げ、その人物に近づくことに決めていたのだった。

「先生、何卒よろしくお願い致します」

沢良木は、例の講演で見せた笑顔以上に愛想を込めた満面の笑みで、教授選の挨拶に訪れた相手に挨拶すると、上半身が床と平行になるほど大きく頭を下げた。

相手は、沢良木が教授選に立候補することにした中部大学医学部第1外科教授の小野寺であった。

小野寺は、すでに第1外科の医局を主宰して20年になろうとしていた。

通常、教授の退官年齢は65歳であるから、このことは小野寺が40歳代ですでに教授になっていたことを示しており、それだけの実力者、切れ者であることを示していた。その結果、長期政権を築くことになり、今や中部大学医学部の中で隠然たる力を誇っていた。

このことを、沢良木は例によって、MRを使って調べ上げ、何はさておき小野寺へ挨拶に出向いたというわけである。

「沢良木先生、よくいらっしゃいました」

小野寺もまた、こうした社会にありがちな、歓迎とも威嚇ともわからない表情で沢良木を迎えた。

そこでは、この人間を迎えることの是非、自分への利用価値の有無といった「値踏み」がなされているのである。

「このたび、栄えある中部大学医学部第2外科の教授選考に当たりまして、不肖私も立候補させて頂くことになりまして、先ずは先生にご挨拶にと思い、お伺いしました」

「まずは、快く面会をお許しいただき、誠に有難うございます」

沢良木は、部下達がいるところでは絶対に見せない従順さと謙虚さを露骨に出しながら、再度最敬礼をして小野寺に媚びを売った。

傍目にも、その媚びがわかるほどの露骨な姿勢であり、こうした態度を「卑屈な」と呼ぶのだろうが、小野寺もまたそうした「媚び」が嫌いではなかった。

姿勢を戻した沢良木は、「早速ですが、ご挨拶の印に」と手に持っていた包みを小野寺の前に差し出した。

沢良木が部屋に入ってきた時から、小野寺の目にはその包みの存在はわかっており、いつこちらに差し出すのかと、話しながら一番気になっていた「品」ではあった。

「これまで、こちらの大学とはあまりご縁がなく存じ上げる方がおりませんので、とにもかくにも外科医としての大先輩であらせられる先生にお縋りするほかありません」

沢良木は、再び最敬礼した。

「まあ、そう固くならずに、お座りなさい」

寛容さをみせるかのように、小野寺が沢良木に目の前のソファを勧めた。

「はい、有り難うございます」

沢良木が、汗を拭きながら小野寺が勧めたソファに腰を下ろし、机の上に包みを置くと、そのまま包みを黙って小野寺の方に押し出した。

小野寺は、その動きに合わせるように包みをそっと手に取り、場所を移すようにしながら中身を、そして、その厚みを確認した。

そのうえで、「これは受け取れませんな」と、少し高圧的に声を出した。

小野寺は、予想していた通りに、包みの中に札束があることを確認した上で、沢良木の前に包みを押し戻しながら続けた。

「沢良木先生、こんな事をされると困りますなあ。仮にもここは学問の府ですよ。それにこんな事をなされなくても先生のご実績なら大丈夫でしょう」

小野寺は、少し威圧するように言った。

「いや、そう仰らずに」

沢良木は、小野寺の反応を想定内と受け止めながらも、わざと困った風を装い、包みをもう一度小野寺の方へ押し返した。今までに沢良木がつきあってきた連中は、金や物、女には恥ずかしいほど貪欲な輩ばかりであったのだ。そうした輩を、沢良木は「自分に正直な人間」と呼んでいたが、沢良木と付き合う輩だからということか。類は友を呼ぶ、である。

「いや、こんな事をしてもらっては困る」

再び小野寺は包みを押し戻した。そして、

「ねえ、沢良木先生。こんな事をして貰わなくても先生を推しましょう。ただし…」

そう言うと、小野寺は立ち上がり机の後ろにある窓の方へ近づいた。

「ただし、ですか」

沢良木は、独り言のように呟くと、小野寺の動きに誘われるように立ちあがり、小野寺の後ろへ近づくと小野寺が眺めている窓の方をみた。

そこには、まだ雪を乗せた尾根が遠くに望め、ここが中部地方であることを示していた。

「ねえ、沢良木先生」

自分の後ろに沢良木が近づいた事を確認すると、小野寺が言った。

「こんなことをして貰わなくても、いずれ同じ外科の教授同士になれば、お互いにいろいろとお世話になることが出てくるでしょう。また、お世話することもあるというものです。その時にも今の気持ちを持ち続けていて頂ければ、私はそれで十分なんですがね」

小野寺は、なにか含みを持たせるように「お互いに」のところをわざとゆっくりと言うと振り返り、沢良木に握手を求めた。

「はい。よくわかりました。よろしくお願い致します」

沢良木は、『一本取られた』と感じた。それだけ、こうした駆け引きを経験した数では小野寺が一枚も二枚も上手ということであり、場数を踏んだ小野寺の前では、さすがの沢良木も子供扱い、とでも言えばよかったのであろうか。

包みには銀行の帯が付いたままの札束が十束入れてあった。それが、あえて裸で見えるようにしていたのは、沢良木の作戦でもあった。

しかし、それでも小野寺は受け取ろうとはしなかった。

その事に、沢良木はそれ以上の白紙小切手を小野寺に渡してしまったような胸騒ぎを感じさせられることとなったが、「ここまできたら、引き返せない」であった。もっとも、「それはとうの昔から覚悟の上でのこと」でもあった。

いつものMRが舐めさせられている気分とでもいうものかもしれなかったが、沢良木はそうと感じるまでの余裕さえも、また、これが、いつもは自分が他人に対して行っていることと同様の事であるということにも想いは至らないままであった。

次に沢良木の頭に浮かんだことといえば、『この余った金をどうしようか』であり、また『他のことに使える』であった。

その想いを押し殺して、

「小野寺先生、何卒よろしくお願い致します」

沢良木は、改めて小野寺に近づくと、今度はこちらから握手を求め、その手を両手で握りしめ頭を下げ続けた。

それから3ヶ月後。

沢良木は、歴史ある中部大学医学部第2外科の教授に就任した。

過去の教授選考では、中部大学の系列大学出身者以外からの教授就任はなかったことから、沢良木の教授就任はひとしきり話題となった。

もちろん、中部大学で隠然たる力を持つと言われて久しい、もう一つの外科学教室の現役の教授である小野寺の強い後押しがあったから、とのもっぱらの噂ではあった。

小野寺は、表向き金にも綺麗な高潔の師として通っており、今回も「中部大学にも新しい風を入れましょう」といった、誰もが反対できそうにない耳触りの良いキャッチフレーズで沢良木を推すことで、細かな非難をかわすことに成功していた。

もちろん、3ヶ月前に自分の部屋であったことなどおくびにも出さずにいた。いや、むしろあの部屋でそうしたことを断ったという記憶が小野寺をして、さらに強い自信を持った発言にさせていた。

小野寺は、自分に用意された金には手を付けなかったかわりに、自分の息の掛かった教授達に沢良木を紹介し、その金を沢良木自身から配らせていたのだった。

そうすることで、自分を安全な立場に置いたまま、さらに息が掛かった教授連中の弱みを握ることまで計算に入れてのことであり、自分が目の前の金を直接受け取るより、そうすることで自分をそれ以上に数段優位に置くことができるという計算づくでのことであった。

また、今までアンチ小野寺であった教授連中にも、「新しい風」というフレーズを武器に、攻勢を掛けていったのであった。

金で動かない者へは、そうした反対できない高邁なる理想論で対抗し、ときには「小野寺先生も大学のことを真剣に考えておられるのですね」などという評価さえ得ることに成功していた。

沢良木は沢良木で、そうした小野寺の目論みも含めて、例のそつのない笑顔で近づいては、次々と教授達の票を買い取ることに成功していたのだった。

沢良木にすれば、教授にさえなれば金のなる木を手に入れたのも同然と考えており、ここぞとばかりに知り合いのMRを動員し金集めに奔走したという。

案外、「困る、困る」と言っていたMRも、沢良木が教授になるのなら安いものと値踏みしたのかもしれなかったが、大半のMRがその指示に従うことになっていた。

そこは、やはり「市場原理」の働く世界とういうことなのか。

そして、ついに沢良木の野望が叶うこととなり、中部大学医学部第2外科の教授になり果せたのであった。

そのことで、老舗と言われた大学の歴史に大きな汚点が残されることになるとは、その時にはだれも予想していないことであった。

さて、私の地元の中部大学医学部第2外科教授に沢良木が就任したことを私自身が知ったのは、私の病院にも出入りするMRからであったが、当初は沢良木という名前を思い出せないままでいたのが実際であった。

しかし、高司からの突然の電話で「おい、倉田、中部大学というたらお前んとこから近いんやろ」と時節の挨拶抜きで話だし、「なんでまたあんな沢良木みたいな奴を教授にしたんや」と叫ぶように言われた時になって、何年か前に学会場で高司から聞いた沢良木の名前を思い出したのであった。

それは、誰も予想しなかった「悪夢」の始まりを告げる叫びであった。

4. 暗躍（一）

沢良木が教授に就任後、数ヶ月は波風なく平穏無事に経過していた。

むしろ、「噂と違っておとなしい新任教授」に、第2外科の学内の医局員は元より、第2外科の関連病院に勤務する錚々たる先輩医師達も胸をなで下ろしていた。実際、関連病院の重鎮たちのほとんどが、沢良木よりも年長かつ人格も優れた医師達ばかりではあったが、自分たちの手が届かないところで決められた教授人事には、いささか困惑していたからではあった。

沢良木は、就任直後のこの時期は、猫を被ることにして周りの人間の出方を探ることにしていたのである。

しかし、そうした数ヶ月が過ぎた頃から、沢良木は自分の主張が通ると判断したところから、動きを起こし始めていった。

「なんで、こんな安物ばかり使うんだ」とか、「いったいここの教授達は、よくこんなものを使っていたな」などと言って、教授室のこれまでの備品に始まり、自分が使うもの全てを医局費で買い換えさせ始めたのである。

こうした身の回りのことを手始めにして、さらには、医局の入局医師達で構成する第2外科学教室の同門会の経理にも口を出し始めたのである。

そして、長い同門会の歴史の中で、初めて「今後は教授である私がこれを管理する」と強引に、同門会の通帳や銀行印を取り上げてしまったのであった。

これには、大学で勤務する医師達も「歴代の教授がお使いになったものですから」と意見もし、また、いままで営々と教室を支え、今は関連病院の院長などに就任し地域の重鎮ともなっている、沢良木よりも年長の医師達も意見をしたが、そのたびに「君は教授の私に逆らうのかね」と怒鳴り返されていた。そうこうするうちに、徐々に沢良木に意見する医局員達は外の病院へと出され、関連病院の医師達も大学に近づこうとはしなくなっていった。

そして、歴史ある第2外科医局を支え、現在も大学病院で勤務する錚々たる医師達が、一人去り、二人去りと、徐々に減っていったのである。沢良木の就任後のやり方を見て、これを潮時にと開業するものもあり、また沢良木の意向を無視して自ら関連病院へ直訴し就職を決めるものも出るといったことであったが、その減り方は尋常ではなく、大学病院での実際の診療に支障が出始めるほどであった。

沢良木はそうした一連の動きをじっと観察し、誰が自分の意にそって動き、誰が抵抗しているのかを見定めようとしていた。

そして、半年が過ぎた。

沢良木が教授に就任以来起こった一連の動きが落ち着きを見せ始め、その時を待っていたかのように、沢良木は教授としての権力をさらに露骨なまでに行使し始めた。

「これまでのことは水に流しましょう」と寛大な姿勢を見せる一方で、医局の人事を一新し、それまで実質的に大学病院での業務を支えてきた准教授や医局長をはじめとした講師達、沢良木にとって目障りな医者達を、次々に関連病院へ赴任させる人事を行ったのである。これを「飛ばし」と呼ぶ。

通常、新しい教授が外から来た場合、それまでのその大学や病院でのやり方がわからないことが多いのが常である。同じ外科とはいっても、それなりの歴史が育んだ流儀があり、それは前に勤務していた大学のやり方と違うことも多いのが実際である。これは、どの世界でも同様であろうが、流派の違いとでもいったことになるのだろうか。

そのために、とくに違う大学から新任教授が来た時には、何人かのキーマンをしばらく手元に残しておくのであった。しかし、沢良木の場合はそうした、むしろ医局を支えてきた人間を一掃することで、自分の持つ力を誇示しようとしたのである。

そして、次の医局長には、これまでの医局には馴染めない少し異質な存在で、しかし当比較的若手で沢良木の使い勝手が良い人物を抜擢したのだった。

の本人は自分だけがその場から阻害されていると勝手に思い込んでいる人物で、新しい権力者が来た機会に自分を売り込むことでこれまでのことに意趣返ししようとするような、比較的若手で沢良木の使い勝手が良い人物を抜擢したのだった。

「人事の一新」

それが、謳い文句ではあったが、そうした医局長は、これも良くあるように虎の威を借る狐のごとくに、教授の意向という錦の御旗を振りかざして、いままでの自分の鬱憤を晴らそうとしたのである。

その頃から、沢良木のMRへの「タカリ」もこれまで以上にエスカレートしていっていた。それはそうだろう。誰に遠慮することなく、「自分の医局」といった舞台で振舞えるのだし、これから「元を取る」算段でもあったのだから。

その意を解して、医局長は医局長で、水戸黄門様の葵の御紋よろしく、「教授」という肩書を振りかざし、「これは教授がご希望されること」ですべてを押し通していた。しばらくすると、表だって沢良木や医局長の行為に意見する者も、批判する者もいなくなっていた。

就任当時、家族を瀬戸内に残しての単身赴任だからということで借りた小さなアパートから、沢良木はいつのまにか立派なマンションに引っ越していたが、これもある製薬会社のMRに無理を言って探させたものであった。「探させた」ということは、引き続いて敷金から引っ越しの費用まで「お世話しろ」という暗黙の圧力であったようで、結局、全てを負担させたという噂まで出てきていた。

もちろん、引っ越しの時には各社のMRが駆けつけ、どの製薬会社のMRが来たのか来なかったのか、手伝いを買って出ていた件の医局長にチェックさせていたという。

そのうちに、毎月の部屋代も教室に出入りする製薬会社が持ち回りで負担しているとの話も実しやかに語られるようになっていた。

さらに、新しい医局長になってからは、教授面会には関所料と称して、何らかの物か金を持参することが暗黙の決まりとされ、それを事もあろうに、その医局長が取り仕切ることになっていた。本来なら、大学病院や関連病院との人事や医局の運営に腐心すべき医局長が、教授の専属秘書のようなことばかりして、教授の太鼓持ちになってしまったとでも言えば了解されるであろうか。

実は、こうした大学では教授に一人ずつの秘書が付けられている。これは、大学としての公的な制度として設けられている場合や、教室として便宜上、専属秘書として人を雇っている場合があった。

沢良木にも、就任当初は前任教授から付いていた公的な秘書が居たのである。

そう、「居た」のである。

普通なら、就任直後の教授にとっては、これまでの医局の慣習や人の繋がりだけでなく、大学や教授会などの詳細を知る秘書は有り難いものなのだろうが、沢良木にとっては違っていた。

なにしろ、就任早々に始めた教授室でのあくどいやりとりが筒抜けとなり、ＭＲや呼びつけた関連病院の医者達への金の無心や接待の要求がやりにくくなるからであった。それに、これまでの繋がりから、そうしたことを同門会の先輩医師達に告げ口される恐れがあると心配することになったのである。

自分が行う悪事を、誰もがするのではないかと疑うという、まさに下衆の勘繰りであった。

沢良木が就任した時の秘書は、すでに前教授の時代から十数年を経て、ベテランの域に達し、関連病院の各院長などとの繋がりもある上に学内の行事や教授会の日程などにも精通しており、本来なら新任教授にとって心強い味方のはずであった。

しかし、就任早々から始まった沢良木の教授らしからぬ振る舞いに愛想を尽かしたのか、秘書の方から半年を過ぎた頃になって、「一身上の都合」という一言で辞表を出して去っていったのだった。

沢良木は、これ幸いと引き留めることもせず、自分に反目することのない、実務能力は劣っていても、それ以上に見栄えが良い女性を秘書に雇い入れることに成功していた。これもまた、なじみのＭＲの紹介と言われていたようではあった。

一方で、ベテラン秘書辞職の報が流れるや、関連病院の院長で構成する第2外科関連病院長会議がすぐに動きだし、その秘書にある依頼がなされることになった。

それは、沢良木が就任以来、ＭＲを呼びつけては無心した金銭授受の情報を提供してもらうことであり、関連病院への金銭面での目に余る要求、時には「関連病院協力金」と呼ばれたり、「指導料」あるいは「医局運営費」と称されたようではあったが、沢良木が地元のいくつかの銀行に開設した彼自身の個人名義である口座に入金されるようになったという金の動きを証明することであった。

新任教授の目に余る行動に憤り、なんとかしたいと思ってはみても、さすがにそれなりの病院長ともなると表に出て騒ぎ立てることは憚られ、成す術もなく見ているしかなかったのであった。


しかし、その実態をよく知るはずの秘書が辞めたとの報で、関連病院長会議で検討したうえで、その元秘書に頼み込み、これを機会に地元の検察に訴えてもらうことが決議されたのである。

もちろん、関連病院の院長ともなれば、前教授の時代から勤めていた医局秘書と顔なじみの者も多く、彼女ならやってくれるといった声が多かったことも話が早く進んだ理由でもあった。

そして、予想通りに元秘書は賛意を示し、さらには自ら協力することを申し出てくれたのであった。

「私が訴えることで、あんなおかしな教授を辞めさせられるのなら」と、同門会の重鎮たちの申し出を、すんなりと受け入れたのである。

しかし、しかしである。

その後、訴えは受理されたと伝えられたものの、何故か不起訴処分となり、かえって沢良木の身辺のガードを強化させるだけの結果となった。そして、関連病院長会議は、実質その発言力を失い、勇気ある秘書の訴えは水泡と帰すことになったのであった。

沢良木は、こうした一連の動きに反応したのか、関連病院への指導と地域医療の充実を謳い文句にしたコンサルタント会社を立ち上げ、顧問弁護士を置くことにしたのだった。社長には、瀬戸内大学時代の秘書で、今は大学の近くのマンションに住まわせている澤井加代子をあて、自分はその参与として関わることで、大学との整合性を保つことに成功していた。

結果的に、同門会の動きが沢良木のガードを固めさせることになったのである。その時になって、同門会の役員の中には、「もう少し泳がせて、確証を揃えておくべきだった」というものもあったが、いかんせん、法律やそうした訴訟には不慣れな、ある意味善良な市民である医師達が行ったこと故、残念なことになったという皮肉ではあった、

当初、訴えた元秘書にも、後ろで控えていた同門会の重鎮たちにも不起訴処分とされた理由は示されなかった。

そうこうするうちに流れてきた噂では、その地方の検事自身が個人的にいろいろな問題を抱えている人物であり、面倒な訴えには弱腰のようだというのであった。しかし、そんなことは後になってわかっても、まさに「後の祭り」であり、傍迷惑な話ということでしかない。

また、しばらくすると、沢良木の不正を調べていくうちに、既存の教授達の小さな悪事も露見することとなり、これでは沢良木だけの起訴では済まなくなると言うことから、起訴自体が見送られた、といった怪情報まで飛び交った。もちろん、教授選の折には沢良木から金が渡されていたのだから、沢良木に何らかのお咎めがあれば、その全てが露見する危険性があったのも事実ではあったが、そこまで地検が摑んだうえでの判断であったかは、いまだに不明といわれている。

ここにも深い闇があった。

それからの第2外科医局では、皆が致し方ないことと受け入れ、嵐が過ぎるのを待つといった雰囲気となっていった。

それでも時折、他の科の医局や他大学の医者たちから、「なんであんな教授がいるのか」とか、「いったいあんな奴を選んだ教授会は何を考えているんだ」といった冷ややかな声が聞こえることになり、同じ地域で勤務する私の耳にも時折、風の便りといった具合で入ってくるようになっていた。

なにしろ、外科の教授である。内科から手術の依頼をすれば、「法外な礼金を患者が要求された」とか、「手術をしてもらったもののおかしな説明で紹介した方の医者に文句が来た」などのクレームが返ってくることになり、そうした話が次第に外へと漏れ出るようになっていったのである。

悪事、千里を走るであろう。

当然、次第に第2外科全体への風当たりが強くなり、当然のこととして紹介も減っていったのであった。

そんなドタバタ劇を静かに観ている人物がいた。第1外科教授の小野寺である。

一時、「小野寺は、なんであんな奴を後押ししたのか」といった批判が教授会でも出かけたが、そうした時には、現金を摑まされていた教授達にその批判を消す役を任せ、小野寺は一切口を開かぬ事で、その批判を躱すことに成功していた。

そして、第2外科への紹介の減少に反比例して第1外科への紹介は増え、それだけ小野寺の評価は上がる一方で、さらにはいろいろな意味での実入りが増えていく結果となっていたのである。

教授会などで会った時など、小野寺は沢良木へ批判めいたことは決して言わず、「沢良木先生、いかがですか。新しい職場には慣れましたか」などと、当たり障りのない事ばかりに終始していた。

沢良木は沢良木で、弱みを握られていることから、決して逆らうことはしなかった。そして、この弱みからくる屈辱感が、沢良木をしてさらに外への攻撃的な行動へと駆り立て、悪循環を起こしていた。

この時期、中部大学医学部学内の外科は、実質小野寺一人に握られたと言って良い状態を呈することになっていた。

そうした経過の中で、小野寺が「沢良木を完全に抑えた」と判断した時、彼が沢良木から現金を受け取らなかった本当の理由がわかることになったのである。

5. 取引

「医局」の所でも述べたが、各医局は関連病院を持ち、その数が医局の力となる。「関連病院」とは、「医局」を本社とした時の支店や営業所と考えればわかりやすいだろうか。

そして、そうした関連病院は、長い歴史の中で文字通りに大学の医局と関連を保ちながら成長し、また医局はそうした関連病院の数を増やして、医局の「力」としていくのである。

一般に、ある病院の存在する地域が将来どの程度に発展するか、逆に衰退していくかなどは未知数と言わざるを得ない。ましてや、病院自体がどの程度に発展するかは開業当時にはわからず、それがわかるのは少なくとも数年後のこととなる。

そう考えると、ある医局が関連病院を持ったとしても、それが充実されそれなりの力を発揮するには10年単位の時間が必要であり、そうした時間の中での関連病院の拡充、医局の力の拡大ということになる。つまり、関連病院の確保、充実には長い年月が必要であり、それだけに、各医局は一旦確保した関連病院に対しては最大限にその関係を重要視し、決して離したくないと考えるということは、容易にご理解頂けるのではないだろうか。

実は、こうした医局と関連病院の関係のお陰で、離島や辺境の地、さらには人口が少ない地域への医師の派遣が続けられており、そうした医療過疎と呼ばれる地域での医療を支え続けているのである。このことは、経済効率優先の現代にあって、医師達の矜持という か心意気に支えられてきたことではあるが、こうした医局の役割については、国もメディアも、さらには国民も、あまり取り上げないままでいるのは何故なのだろうか。

中部大学医学部のように歴史ある医学部の関連病院ともなると、その所在は広域に及び、多くの国立や公立の基幹病院だけでなく、地域医療を担う大きな民間病院も多数含まれることになっていたのである。

こうした関連病院では、近くに新たに医学部ができたとしても、そこからの医師の派遣は受け入れず、所属する大学との人事の流れを死守するということが暗黙の了解であった。

もっとも、最近では医師不足の影響で、こうした「了解」も崩れてきてはいるのだが。

そうした歴史的背景を持っている関係で、同じ外科といえども第1外科医局と第2外科医局の関連病院ではそれぞれに独立した組織となっており、所属する医師の行き来は容易にはできないのであった。いわば、同じ業種であっても別会社といえば理解しやすいであろうか。そして、その関係を変えることも、あるいはそうした試みもできないのが、長い歴史の中で生まれた医療界での暗黙の掟であった。

小野寺は、大学の地元の出身であった。しかし、彼が主宰する第1外科は、歴史的に中部大学医学部のある地元エリアには関連病院が少なかった。

第1外科は、中部大学医学部創立と同時にできた外科の医局であったことから、病院ができたばかりの遠方からの依頼にも応え、その地域の外科医療を初期の時代から担うことになっていた。時には、過疎地における外科医療充実のため、診療所などの開設にも直接協力してきたという経緯もあった。そのため、そうした歴史の中で、遠方の地域で、今や拠点病院となった大規模の病院を関連病院として多数確保することになっていたのである。

今では、大学自体は中部地区にあっても、東は関東から西は関西まで、さらに北は北陸地方と広い地域に多くの関連病院を持つこととなっており、そうした病院へ継続的に多くの外科医を供給し続けていたのである。

このことは、実際の医療というだけでなく、医学界をはじめ医政の世界でも、中部大学医学部の医局に属する医師達が力を持つことになっていることを示していた。

これに対して、第2外科は地元エリアに多くの関連病院を抱えていた。「第2」とナンバリングがされているように、歴史的に第1外科から派生した形でできた医局であったためにその歴史は浅く、その分だけ遠方までは手が出ないというのが実際であった。その代わりに、地元の医療施設の拡充に協力する形で少しずつ関連病院を増やしていくことになったのである。当初は、第1外科の暖簾分け的な人事もありはしたが、第1外科から地元地域に送るだけの外科医の数の余裕がなくなってきたこともあって、互いにバランスを取りながら発展してきたということである。

こうした事情から、他府県の出身者で、いずれは各々の地元へ帰りたいと考える者は第1外科へ、また元々地元で仕事をしたいと思うものは第2外科へと、入局者の希望も一定の傾向があることになっていた。もっとも、沢良木の悪名が響きだしてからは、先の患者の紹介同様、第2外科への入局希望者は減り、第1外科への入局希望者が増えるという変化が起こっていた。

医師も人の子、自分の将来を託すべき医局選びは、一般の就職と同じで自分の一生を規定するものであり、卒業を控えた医学生にとっては、どこの医局に入るのかは、どこの医学部に入るのか以上の重大事である。このため、希望する大学や医局に関する評判や研修の実情などを詳しく調べるのもまた、一般の就職と同じではないだろうか。

こうした関連病院の数や地域の問題は、どこの大学医学部にもあることで、先にも述べたように、歴史的に関連病院の開拓期にできた医局と、大学と関連病院の関係がある程度できあがってからできた新しい医局の違いから起こることであった。そうはいっても、どこに入局するのかの決断の最後は、やはり「人」の問題であるということは、今も昔も変わらないことなのだろうし、沢良木の就任で第2外科への入局志願者が減ったのが良い例であった。

小野寺教授は、沢良木が教授に就任してから2年後に退官することとなっていたが、高齢でありながら健在でいる両親の世話のこともあり、地元の病院への再就職に拘っていた。このことは、まさか自分が教授にまでなり果せるとは思っていなかった時代、そう、まだ純粋に良い外科医になりたいと思っていた頃からの、両親への恩返しを兼ねての念願であった。

再就職とはいっても、大学教授の退官後の就職である。大学では通常、教授が退官すると名誉教授と言う称号が贈られ、多くの場合、関連病院の中でも名のある大きな病院の院長や、名誉院長と言った席が設けられるのが通例であった。それが、教授同士の暗黙の了解であり、ある意味退官後の「ご褒美」でもあった。

これは単に互いを保護しあうということだけでなく、他の大学などへの人材流出を予防するという狙いもあった。それなりの実績のある教授が動けば、それに伴い優秀な若手医師も付いていくことがあるからであった。

小野寺は考えた。『自分が、退官後院長職に就任するに相応しい病院で、しかも地元にある病院はどこか。』

その問いは、すでに数年前から彼の頭にあり、いろいろと思案していたところであった。

しかし、自分が主宰する第1外科の関連病院では、自分に相応しいと思えるそれなりの規模であれば地元から遠く、また地元に近いものであれば小さい病院しかないのが実際であった。まさに帯に短し襷に長しである。

ところが、沢良木が教授に就任する1年前に、ある偶然が起こっていた。

小野寺が、ある学会からの帰り道、駅から自宅までタクシーを利用する機会があった。タクシーの若い運転手は小野寺のことを知る由もなく、小野寺が普段指定する道とは違うルートを通ることになった。

その日の小野寺は、学会での講演で高い評価を受けたことで上機嫌であった。そのことが、普段なら教授の権威そのままに、自分が思う道を指示する小野寺に『知らない道を通るのもいいか』という余裕を持たせていた。

そして、そのことが小野寺にある意味での幸運をもたらした。

その帰り道、これまで知らなかった広い道に入ったと思ったら、タクシーが大きく綺麗な建物の前を走り抜けることになったのである。

小野寺は、初めて見る大きな建物に、当初はそれが病院とは気付かなかった。

そして、何気なく目を向けていたところに、正面玄関と思われる立派な門の表札に「病院」という文字を見つけることになった。

「えっ、こんな所に、こんな立派な病院があったかな」と、小野寺は不意打ちを喰ったような驚きを覚えた。

そして、一瞬焦ったものの、何喰わぬ顔で、「運転手さん、立派な病院ですねえ。なんていう病院なんですか」と尋ねた。

「これですか。中部中央病院ですよ。最近、再開発で新しい道もできて、こちらに移って来たらしいですよ」との答えが返ってきた。

『そうか。それでこの道も知らなかったし、建物も初めて見たのか。そう言えばそんな話もあったなぁ。中部中央病院か。それなら第2外科のジッツじゃあなかったかな。』

ジッツ（Sitz）とはドイツ語で「席」のことであるが、医師達の間では「関連病院」といった意味合いで使われている。

小野寺は改めて振り返り、移転によって綺麗で立派になった建物を、視野から消え去るまで食い入るように見続けていた。

中部中央病院は、その出来事の1年前に、再開発に伴い新築移転していたのであった。

小野寺は『そう言えば、そんなことがあったな』と思い出しながら、その威容に圧倒されている自分を感じていた。

小野寺は、開院式の招待状が来ていたことを思い出し、学会の講演会と重なったため、祝電だけで済ませていたのだったと確認した。自分とは別の教室の関連病院の事であり、当時の小野寺にすれば歯牙にもかけないといった程度の病院のことで当たり前の対応ではあった。

小野寺はそんなことを思い出しながら、その後に確認を怠っていた自分を悔いたが、元より違う医局の関連病院では、最初から自分との関りはなかったことだからと納得したが、それだけ医局とその関連病院との関係は厳しく制限されているという証ともいえたのである。

その日、小野寺は、そんな第2外科の関連病院の存在に、この運転手のお陰で気づくことができたと、内心ほくそ笑むことになっていた。実際、こんな偶然でもなければ知ることもないし、自分から知ろうともしなかっただろうということであった。

そして、『これなら自分が院長を務めるに相応しい』と、求めていた答えに出会ったような悦びさえ感じることになっていた。小野寺にすれば、その病院の外科の実績云々より、見てくれの立派さが気に入ったということであり、何より自宅からの距離も丁度良いといったことが優先された。それに、外科の診療実績などは自分が着任すれば何とでもなる、であった。

小野寺は、この偶然の出会い以後、少しずつその病院のことを調べながら、機会を窺っていた。

すでに自分が現役でいる間に、第2外科の教授選があることはわかっていた。あとは、いかにして、自分の退官後にあの第2外科のジッツである中部中央病院の院長になり果せるかである。

しかし、たとえ第1外科の教授であっても、違う教室の関連病院への赴任は異例のことである。そう考えると、臍を噛むほどに悔しい想いが込み上げてきたが、一般の医局員の人事ではなく院長の人事であると考えれば、誰に気兼ねすることもないのではないか。しかも、今までに築き上げてきた自分の「力」を持ってすれば、第2外科の教授との話し合いで決まることではないか。その頃の小野寺は、いつもの冷静さはなくなり、己の欲得しか見えなくなってきていた。

そこまで考えが及んだとき、小野寺の腹は決まった。これから行われる第2外科の教授選考は、まさに自分の退官後のためにあるようなものだと思われ、小野寺にとってはそれ以外のなにものでもない一大イヴェントになったのであった。

そうであれば、第2外科の教授選考では、絶対に借りを作らず貸しだけを作る形で支持すること、そして、医学的な技術や経歴より自分がコントロールしやすい人間を選ぶこと、この2点に問題を集約して人選することとしたのである。

そこへ沢良木であった。これほどうってつけの人間はいなかった。

実際、普通なら系列違いの大学出身者であったし、金や女にもだらしないという情報も早くから摑んでいた。通常、自分がお世話になった大学の事を考えれば、それだけで書類選考で落とすべきではあったが、その時の小野寺の頭に「大学」の二文字はなかった。だらしない奴であればあるほど、それだけ自分との取引に応じさせるだけの弱みを摑みやすいということになるからである。

その時の小野寺は、自らが卒業し、また自分という人間を成長させ、医学界で一角の人間に育ててくれた大学への恩義よりは、親の世話をするという名目を掲げることで、目の前の欲望を満たすことを最優先にすることになったのである。それに、タクシーから見た立派建物自体にも魅了されてしまったというのが本音でもあった。

まさに、今回の教授選は小野寺にとっては千載一遇の「取引」のお膳立てとなったのである。

そして、結局、小野寺は目論み通りに、沢良木に自分の要求を飲ませることに成功するのである。

実のところ、小野寺は、沢良木が就任後、予想以上に早くから、小野寺に相談もなく勝手な行動をとるようになってきていたことに頭を痛めることになっていた。

そんな折に、例の元秘書の検察への訴えがなされたのだが、元より他の医局での問題であったことと、当然隠密裏に計画されていたことでもあり、小野寺のあずかり知らぬところでの出来事といったことであった。もっとも、そのことを知った時には、沢良木が起訴でもされたら自分の目論見は外れることになると、小野寺は内心不安に感じていたのであった。

この時には、さすがに小野寺も慌てはしたが、相談に来た沢良木には何喰わぬ顔で、「心配ないだろう。もっと、堂々としていたらいい」と言っていたところ、小野寺が何も動かないうちに不起訴になり、沢良木もしばらく自重することにもなったということであった。このことは、小野寺にとっては計算外のことではあったが、沢良木は勘違いでもしたのか、勝手に小野寺に感謝するそぶりを見せ始めてきたのだった。

まさに棚から牡丹餅といったことで、小野寺は『この機を逃す手はない』であった。

小野寺は、沢良木が訴えられた後の気落ちを引きずっている「今」を逃さず、退官後の人事を一気に決めてしまうことにしたのである。

沢良木は、小野寺が相談を持ち掛けた当初は難色を示した。しかし、結局は小野寺の強引さで、沢良木に了解させることに成功したのだった。

沢良木にしてみれば、教授なりたさに小野寺の暗黙の「貸し」を受け入れ、そのツケとして自分のジッツの院長職を明け渡すことに了解したものの、教授になってみると、どの病院であれ院長職を渡すのが勿体なくなっていたのが本心であったからだった。

しかし、例の秘書の問題が起こり、なんとか小野寺に頼るしかない状況に追い込まれたこともあって、小野寺からの申し出にひとまず従うことにしたのだった。

結果的には、沢良木の誤解からの独り相撲ではあったが、『いずれ、小野寺が院長職を辞めれば、その時にはまた院長職を第2外科の人事に取り戻す』と計算したうえでの「取引」であった。小野寺の年齢を考えれば、沢良木の教授退官よりも数年早く、小野寺の定年が来ることまで計算してのことではあり、『これで借りは返した』であった。

こうなると、まさに「お互い」が協力し合う態ではあるが、その実は腹の探り合いであり騙し合いであった。

これでは狐や狸も尻尾を巻いて逃げ出すのだろうが、この程度の腹芸が出来なければ、こうした立場でさらに上を目指すことなど無理な話ということなのだろうか。

その後、小野寺は教授を退官した後、目出度く中部中央病院の院長に就任した。そして、勇んで就任したものの、そこには混乱が待っていたのである。なにしろ、第2外科の関連病院に第1外科の、しかも前教授が就任したのだから、人事の発表があってしばらくの間は、第1外科だけでなく第2外科の関連病院の医師達も驚くことになった。

今でこそ、医局の壁を取り払い、同じ外科の医局同士で大同団結して再編成を行おうとする動きもある時代ではあるが、当時は「第1外科と第2外科の戦争や」と息巻く輩も出る始末であった。

しかし、教授同士の約束ということであれば、誰も文句の付けようはなかった。

ただ、現場はそれでは済まなかった。

院長職とはいえ、まだまだ手術室に入りたい小野寺は、ことあるごとに手術に口を出し、手も出した。

同じ外科とは言っても、医局が違えば手術のやり方にも違いがあるものである。お茶の流派の違いとでも言えばお判りいただけるだろうか。作法の違いと言い換えても良い。

それを、同じ病院の外科医とはいえ、前教授という肩書を振りかざして、しかも流儀の違う外科チームの中に無遠慮に入っていったのである。

一般に、病院ではチーム医療として複数の外科医達が協力し合いながら働いている。そこでは、経験の多寡による序列が厳然とあり、一般社会と同じく長幼の礼も保たれてはいるが、体育会系のノリで、案外和気藹々と仕事がなされているものである。

そこへいきなり、さらに序列が厳しい大学の、しかもそのトップで、特に長く務めた弊害から威張ることが当たり前、言うことは全て受け入れられるという生活をしていた前教授が来たのである。物言いから所作までが大学にいたと時のままに振る舞いで行動したのである。

さらには、そうしたことにご本人は気付いていないのだから質が悪い。医師達だけでなく、看護師たちからも反発が起こらない方がおかしかった。

それまでそこで手術を行い、外科診療を中心となって支えてきた第2外科出身の外科部長は、悪い意味で大人であっただけに自分の教室の「あの」教授に言っても無駄と割り切ることになった。そして、小野寺が来てから数ヶ月が過ぎた頃になって開業すると宣言し、さっさとその場から立ち去ることを選択したのだった。そのことでさらに若手の医師達は右往左往し、実質の診療が停滞することとなった。

もちろん、術後のトラブルも増えた。そして、その責めは、主治医として患者を担当する若い医者が負わされ、手術だけして素知らぬ顔の小野寺院長は、「術後管理が悪い」と主治医を責めるだけということになっていったのである。

いったい誰が、そうした院長に付いていこうとするだろうか。

今まで外科を支えてきた外科部長が開業したことで、沢良木の医局から医師が入れ替わりに赴任してくることになった。ここでは、やはり第2外科の関連病院としての人事が優先されたのである。しかし、新たに赴任してきた医師は、経験も浅く、外科部長が抜けた穴を埋めるには荷が重いといったことであった。そうなると、またまた小野寺院長のご機嫌を損ねることとなり、揉め事が増えることになっていった。

小野寺にしてみれば、第1外科から自分が仕込んだ外科医を送ってもらいたいと思ってはみたものの、さすがに憚られることであった。かといって、沢良木の息のかかった、しかも十分に研修もできていないような若手相手の手術ではイライラばかりが募り、結局は思うような手術ができなくなったということであった。自分がしたい手術に入ったかと思うと、助手や器械出しの看護師に荒げた声を出すことになり、そのうえ術後もトラブルが続くとあっては、手術自体が徐々に減っていくことになったのであった。

しばらくすると、徐々に外科医師や看護師達から、小野寺院長への不満が口にされ始めていったのである。最初は、当事者の間で燻ぶっていたといったことであったが、毎月行われる診療報酬の計算で、外科の売り上げが大きく落ち込んだことが明らかとなったのをきっかけに、大きな火柱となって燃え上がったのであった。結局、病院の理事たちも無視できない問題となり、外科のトップであると同時に院長である小野寺の責任問題に発展してくる様相を呈してきたのであった。なにしろ、大学と違って中部中央病院は地元の公立病院であり、市議会なり経営に厳しい公の眼が光っていたからであった。

こうした点では、大学よりは余程、自浄作用が働きやすいと言っても良いのではないだろうか。

このことについては、関連病院の陰の責任者である沢良木は、腹の中でほくそ笑みこそすれ、「これなら案外早く、院長職を第2外科に取り戻せそうだ」と嘯いて、頰かむりを決め込んでいた。

そこでもまた、現場で汗を流す医師や病院を頼ってきている患者さんに対する心配りはなく、自分の損得勘定しかなかった。

小野寺が赴任してから1年が経とうとするある日、鳴り物入りで来た新院長が、ひっそりと退職することになった。

それは、一世を風靡した外科教授の退官後の姿としては哀れを誘うそれであり、業界の常識から考えても異常に短い在任期間ではあった。

今回のことでは、教授退官後の医局間の垣根を超えた異例の人事であっただけに、在任中は教授として尊敬を集めた小野寺ではあっても、救いの手を差し伸べる関連病院は出てはこなかった。また、今更、小野寺自身から古巣の第1外科の関連病院に就職を頼み込むわけにもいかず、さらには「借りは返したよ」と言わんばかりの沢良木に声を掛けるわけにもいかないということで、八方塞がりの状態となったのであった。

実際、沢良木に声をかけたとしても、すでに退官した「前」教授と現役の教授である。前者に勝ち目はなかった。また、さすがに小野寺もそうとわかって沢良木に頭を下げることもする気にはなれなかったということではあった。

「しばらくゆっくりするよ」

これが、公式に小野寺院長が発したと記憶される発言となった。

そして、以後、杳として小野寺の行方は知れなくなったのであった。

いや、誰もその行き方を知ろうとしなかったというのが実際ではあった。

6.　手術と金

沢良木は、小野寺が退官後大学から出たのをきっかけに、再び、そして前にも増して金と権力への欲望を露骨に示し始めていた。

まさに目の上の瘤がなくなった状態となり、彼の欲望を遮るものは何もなかった。

しかも、次はこちらが現役の外科教授であり、しばらくすると第1外科の教授選考が行われるのである。

『その時には』であり、『次は自分が仕切る』であった。

当時、「そのことを考えると、今から心が騒いで眠られなくなる」とは、瀬戸内大学時代の秘書で、大学の近くに住まわせていた加代子への、沢良木の呟きであった。


しばらくは、平穏な時が流れていた。

人事のことも一段落したようで、関連病院からもあれこれといった声も聞こえなくなっていた。それは、沈静化と言って良いのか、諦めと言うべきかわからなかったが、沢良木が就任した後の第2外科全体の低迷した様子をみると、後者であることは誰が見ても了解されることであった。

沢良木は沢良木で、再就職後の小野寺の立場が微妙になった時点で、静かにしていた方が得策と考えたのか、助け船を出すでもなく、ただ「仕事に集中」することだけのようにみせかけていた。


こうしたことが静かに進行していたわけだが、同じ地域で、しかも同じ業種で働いている以上は、沢良木とは違う大学の関連病院に勤務する私の耳にも、彼に関するいろいろな噂が聞こえてくるようになってきていた。沢良木は、それだけ注目を浴びている、というより注視されている人間ということであった。

研究会で会った医者や、定期的に私の病院へもやって来るMRによってもたらされる情報ではあったが、最初の「沢良木が伝統ある中部大学医学部の教授に就任した」という情報自体、そうやって得たものでもあった。

通常、病院の医師に関しての話というと、世話になっているはずのMRや患者さんのご家族からは悪い事は出てこないのが普通のことだろうが、沢良木の場合にはその多くが、というよりその全てが悪い話ということで、それだけ悪評が定まってきたということのようであった。そして、何より、そうした情報に誰も驚かなくなってきていたということでもあった。

私も同じ地域で働く外科医である。中部大学医学部ともなると、自分が勤務する病院が違う系列の病院とはいえ、時には患者さんを紹介したり、患者さんが紹介されてきたりすることもあるわけで、彼の動向が、私たちの病院での患者動向にも影響を与えることになるのである。

そうした日々が流れていく中で、第2外科教室恒例の学術検討会が開かれた。

どこの医局でも、年に何回かは関連病院の医師達が集まり、日頃の研究や珍しい症例を発表し合うのである。正式な全国レベルの学会へ発表する前の練習も兼ねた、研修医たちの登竜門といった場でもあり、関連病院同士や医師達が刺激し合い切磋琢磨して、それぞれの内容を高めていくという効用もあった。

同時にそこでは、日頃忙しく会えない同期の医者同士や、以前に研修でお世話になった指導医や先輩医師達にも会えることになり、そこかしこで会話が弾むことにもなる数少ない機会でもあった。

そうした医師達の中に研修生の柳田がいた。柳田は、今回そうした集まりで発表する予定はなかったが、研修先の指導医である武田に頼まれてある症例の資料を持ってきていたのである。

それは、同門の中でもその病気に対する手術の腕が立つと言われている、別の関連病院に勤務している秋田医師への手術依頼の資料であった。

関連病院の間で、難しい症例や珍しい症例の手術に際して、その手術に慣れた医師が行き来するのである。

一般には、大学病院にそうしたエキスパートがいることが多く、関連病院では患者さんを大学病院に紹介する形で手術を依頼するのであるが、時には、患者さんや大学病院の入院状況、手術の待機状況などの関係から大学病院での手術が難しい場合があり、大学の医師が逆に関連病院へ出向いて手術することもあるのが実際である。

同じ医局の外科医同士ならではの連係プレーとでもいったことで、研修医達も日頃見ることのできない難しい手術を、自分が勤務する病院で経験し勉強することができるというわけである。

しかし、今の第2外科では、沢良木がそうしたエキスパート達を大学から追い出していたため、大学への手術の依頼は激減していた。

また、それでも大学での手術を希望すれば、沢良木教授を通すしかなく、そうなると法外な礼金を要求されるとの噂があることから、関連病院から大学への手術依頼は、よほどのことがなければ敬遠されるようになっていた。もっとも、当の教授の手術の技術自体が心許ないとの評価が囁かれ始めており、そうした理由からも、紹介が憚られることになっていたのである。

最近では、そんな事情もあるにはあったが、元より、今回の秋田医師への依頼は、そうしたことには関係なく、秋田医師自身の手術の腕前を買ってのことではあった。

柳田の上司である武田は、秋田医師とは同時期に大学病院で研修をしており周知の仲ということで、秋田医師に直接電話をして手術に来てもらう依頼をし、すでに手術の日程まで詰めてあった。そして、最後の検討に、忙しい秋田医師の日程を考えて、今回の検討会でいろいろな資料を見てもらうことにしていたのだった。

いくら手術のエキスパートでも、診たこともない患者さんの手術を請け負うのは憚られる。せめても、レントゲン写真や内視鏡写真、検査データを診ることで、あらかじめ情報を得ておきたいと思うのが当然であった。もちろん、手術の前に当の患者さんに会って診察をしてから手術を行うのがベストではあるが、さすがにそこまでできないのも現実ではあった。

こうしたことは、今までにもよくあることで、毎回、会場の待合いなどでそれとわかる検討の様子が見られており、それだけ第2外科では関連病院同士の交流も活発であるという証であった。

しかし、沢良木が来て以来、少しでも金の臭いがする話であれば、教授自らが口を出し、そこに入り込もうとするので、医局や関連病院の雰囲気は一変していたのである。そのため、こうした相談は教授に隠れて行われるというおかしな事になってきているという次第であった。

今回は、そうした中で、時間の関係とそうしたことに不慣れな研修医の柳田のせいで、やむを得ず会場の隅での相談となっていた。今回のことは、武田自身が忙しかったことと、柳田にもこうした経験を積ませてやろうという武田の親心からではあったが、それが徒となった。

柳田がCTフィルムなどの資料を出し、発表の検討を装いながら秋田に資料を示していたところへ、運悪く沢良木が通りかかったのである。

沢良木は秋田を認めると、秋田への挨拶といった雰囲気で近づいてきて、皮肉たっぷり

に、

「初めてお会いしますね。先生ですか、手術がお上手と評判の秋田先生というのは」と、端から嫌味とわかる口ぶりで挨拶した。

「忙しさにかまけてご挨拶が遅れていました。初めてお目にかかります」

秋田医師は、『これが噂の沢良木か』と思いつつ、静かに挨拶を返し、

「秋田です。よろしくお願い申し上げます」と答えた。

沢良木は、そうした自分の前でも落ち着いた秋田の態度が癇に障った。

「手術は自分の方が上ですよとでも言いたいのかね」と、口にこそ出さなかったが、教授ともあろうものが、部下ともいえる医師に妙な嫉妬心を持ったように秋田のことを睨み付けた。

そして、そこにある資料に気づくと、それがまだ教授就任後訪れていない柳田が勤める病院の症例ということがわかると、金の臭いでもしたのか、今度は研修医でお世話になっていると名乗った柳田に話しかけてきたのだった。

「柳田君といったかな、これは難しそうな症例ですね」

そこは、やはり教授にまでなる医者である。すぐに病気の状況を理解すると、ＣＴフィルムを見ながら沢良木が言った。

教授直々に声が掛かったためか、柳田は緊張した。

「はい、それで秋田先生に手術をお願いしているところです」

蛇に睨まれた蛙とでもいった状況で、柳田はいとも簡単に白状した形になった。

「あっ、手術の方法などの相談がありまして」

柳田は、慌てて弁解した。

「と言うことは、秋田先生が手術をされるということなのですね」

沢良木の目が光り、先ほど感じた秋田への対抗意識が一気に噴き出した。

もし、その時の彼の表情を動物で表すならば、まさに獲物を目の前にして、赤い舌をちょろちょろと出す蛇そのものであった。

「そうですか。柳田君がいっている病院にはまだご挨拶にも行っていないから、挨拶代わりに私が行かせて貰いましょうかね。私の手術で良かったら、ですがね」

沢良木は秋田の返事を待たずに、自ら断定的にかつ皮肉たっぷりに言った。

もはや秋田には、それを止める術はなく、若い柳田は、言いなりになるしかなかった。

柳田は『しまった』と思いはしたものの、教授からの直接の申し出に否応なく、「はい、よろしくお願い致します」と答えざるを得なかった。

翌日、柳田の指導医である武田に沢良木から直接電話が入った。

武田はすでに柳田から報告を受けており、やはり流れには逆らえないと覚悟を決めていた。もちろん、柳田を責めるわけにもいかず、自ら出向かなかったことを後悔したが、まさかこんな展開になるとは想像すらしていなかった。

『やはり、秋田先生の病院まで直接行くべきであったか…。』

しかし、全ては後の祭りである。

武田は、柳田からの報告を受けた後、まず秋田に電話し、わびを入れていたが、秋田は秋田で「かえって悪かったね。でも、やむを得ないことだし、まあ頑張ってよ」と言うしかなかった。その後で、秋田は納得がいかないとでも言いたげに、

「それはそうと、ここだけの話、あいつは酷いね。噂以上だね」と言うと、

「悪いけど、自分は、しばらくは近寄らないでいるよ」と言い足して電話を切った。

次の日の午後、沢良木から武田に電話が入った。

妙に穏やかで、それでいてねっとりと耳に残る沢良木の声が受話器から聞こえてきた。

「武田君ですか。沢良木です」

武田は少し汗ばむ手で受話器を握り直し、次の言葉を待った。

「昨日の学術検討会で君の所の柳田君に偶然会いしましてね」

沢良木はそれとなく遠回しに嫌みを含めていった。

「はい、先生のご都合をお聞きしてからご相談すればよかったのですが」

武田は、冷や汗が出るのを感じながら弁解した。

その弁解を楽しむように、

「いやいや、先生の病院にはまだご挨拶にも行けていないし、ちょうど良い機会だから、

秋田先生には申し訳なかったのだが、私で良かったら行かせて貰おうかと思いましてね。こちらから頼んだってわけですよ。アハハ」

沢良木は、武田が断れないことを承知の上で、勝ち誇ったように続けた。

「いえいえ、先生には是非お越し頂こうと思っていまして、お願いできそうな症例を探していたところでしたので、ちょうど良い機会になりました」

武田もまた蛇に睨まれた蛙であった。


全ては、その電話で決定的となった。

ただ、手術の日取りなどは、沢良木からまた連絡するという一方的な通知のために、今回の手術の段取り自体がご破算となり、もう一度最初からやり直しとなった。

これも沢良木の計算づくの話なのか。

その上で、沢良木が初めての病院だからということで、手術までに挨拶に来ると言い出したのである。

『なにか魂胆があるに違いない』ではあったが、武田に断る術はなかった。

通常、同じ医局の外科医同士が行っている手術であれば、そんなに手順や使う道具に違いはないはずであり、関連病院での運営を考えて、そちらの予定も聞いて相談するのが一般的ではあったが、沢良木にその常識は通用しなかった。

二日後、沢良木が武田の病院にやってきた。忙しいはずの教授にしては、異例の早さでの訪問であった。

一応のアポイントメントを入れてくれてはいたが、あらかじめ武田から事情を聞いていた内科の院長と事務長、そして武田以下、外科のスタッフ全員を待たせたうえで、大幅に遅れての到着であった。

それは、自分の訪問をわざと大仰に見せるための演出のようでもあったが、院長も武田の顔を立てて、にこやかに迎えることに徹してくれていた。

一応の儀礼的挨拶が終わると、さすがの院長も「予定の会合に遅れていますので」と退出し、後には武田と事務長が残された。他の外科医師達は、初めに挨拶をしただけで、こちらも詰所に仕事を残しているのでとその場を離れていったのだった。

「早速ですが、手術室を見せて頂けますか」

沢良木が言った。

「はい、結構ですが、もう遅いのでナースはいませんが」と武田が答えた。

「いや、ナースはいいよ。どんな道具があるかだけでも見ておこうと思ってね」

沢良木が答えたが、武田はその妙な熱心さに胸騒ぎを覚えることになった。

事務長が先頭に立って、沢良木を手術室まで案内し、マスターキーでドアの鍵を開けた。

通常、手術室に入るには、一つ目のドアを入ったところでそれまでの靴やスリッパを脱ぎ、手術室専用のサンダルに履き替えるのである。その上で、手術着に着替え、さらに一つのドアを開けて中へと進むことになっている。

こうした二重のドアによって、外からの埃や虫などの進入を防ぐとともに、手術場の清潔度を保つのである。

が、である。沢良木は一つ目のドアが開けられると、ずかずかと無遠慮に、外から履いてきたままの靴で奥へと入っていったのである。

いわば、他人の家に土足で上がり込むのと同じことを、清潔を保つことが求められる手術室と言う、いわば外科医にとって神聖な場所へ、あろうことか外科学の教授がやってのけたのである。

えっ、と言う顔をした武田を無視するように入っていくと、

「どんな道具を使っているんだい。早く見せてご覧」と、沢良木は威圧的に命令した。

『なんで？　大学と同じ道具だけどな。』

武田はそう思いはしたが、もはや口に出す気力も萎えていた。

武田は、手術後に綺麗に洗浄され、消毒を済ませて整頓された手術器具置き場に案内し、

「これですが」と見せた。

沢良木は、消毒を済ませ袋に入れられたままの道具を、黙ったままでいくつか手に取りながら眺めていた。

そばで武田と事務長が不安そうに、じっと沢良木を見つめていた。

少しの間があってから、沢良木が振り向くと、いきなり口を開いた。

「部屋も古いが、使っている道具も古いねぇ。今時こんな骨董品でやっている所も少ないぜ」

沢良木は、吐き捨てるように言った。

「えっ、そんなはずはないでしょう。つい先日まで前の教授も来られて、これで手術をして帰られたのですが」

武田は、そう言おうとして止めた。いや、言えなかった。沢良木の有無を言わせない迫力の前には、何を言っても無駄と悟ったからであった。

一般には、これを恫喝というはずのそれであり、事実、事務長はじっと身体を強張らせて下を向いていた。

事務長は、訳もわからず「古い」と言われた事に反応し、「申し訳ありません」と頭をぺこぺこと下げるしかなかった。

と、沢良木はそのタイミングを待っていたかのように、背広の内ポケットから封筒を取り出すと、

「武田君、ここに手術器具の代理店の電話番号が書いてあるから、さっそく明日にでも電話しなさい。必要な器具については私から言っておくから」と言い、その封筒を武田の手に押しつけた。

そして、「事務長さん、そう言うことですから、よろしく頼みましたよ」と、事務長に念を押した。

『やられた。』

武田はすぐに嫌な予感が的中したと気付くことになった。

沢良木は封筒を渡すと、今日の仕事は終わった、とばかりに「手術の日程はまた連絡するから」と言い残すと、患者はもちろん、武田が用意した患者の資料にも目を通そうともせずに、さっさと帰るそぶりを見せた。

事務長は沢良木がそれだけ言って手術場を出て行ったことで、武田と同じ思いに気付くこととなった。

「ああ、これがあの教授の『病院ツアー』か」と事務長が呟いた。

すでに、沢良木は関連病院に同じやり口で、特定の業者から手術器具の一式を購入させ、その見返りに多額の金品を受け取っているという噂が聞こえてきていたのであった。

病院関係者、特に事務長達の間では、誰とはなく『教授の病院ツアー』という名で呼ぶようになっていたが、ついに自分の所にも、であった。

もっとも、今の沢良木の下で、関連病院としての立場を続けていく以上は、遅かれ早かれやって来る試練とでもいったことだろうと覚悟はしていた。

しかし、武田も事務長も、今の今まで、「そうは言っても、天下の、ある意味で公的な大学教授が、まさかそんな明け透けに露骨なことはしないだろう」と、自分達の普段の信条に照らし合わせて考えていたし、またそう期待もしていたのであった。

そして、それは脆くも、そして見事に裏切られることとなった。

事務長が指定された電話番号に連絡した二日後になって、手術器具が、あらかじめ用意されていたかのように届けられた。そして、そこには通常の商取引では考えられないような法外な金額の書かれた請求書がつけられており、ご丁寧なことに、一番下には「沢良木教授先生ご指導で揃えさせていただいた器具一式です」と手書きで書き添えられていた。

武田は反論しなかった自分を恥じた。なぜならそこに揃えられた器具は、半分は今度の手術には不要の物であり、また使う器具にしても今あるものと会社が違うか、バージョンアップしただけのものであったからだった。

事務長は事務長で、その金額に驚きはしたが、すでに後の祭りであった。

「見事に嵌められた」である。

沢良木は、教授に就任以来、近づいてきたいくつかの手術器具の業者の中から、自分の意図を敏感に感じとった特定の業者に取り扱いを絞り込み、関連病院に出向くたびにそうしたやり方で器具を押し付けていたのだった。そして、納入金額に応じた「指導料」を手にしていた。

まさに、「教授」の御威光を笠に着た暴挙であり、沢良木の天下であった。

その後、沢良木から電話で手術の日取りが伝えられ、武田の病院では全てに優先してその準備に取りかかることになった。

そうした準備の中には、その前後に予定していた手術を延期せざるを得なくなるものもあったが、それも沢良木の作戦であったのだろうか。

手術日には、沢良木は自ら術着を持ち込んで、古株の婦長の顰蹙を買いはしたが、そんなことはどこ吹く風とばかりに、立ち会う婦長に、病院の古さや看護婦の躾がなっていない等々、言いたい放題にくどくどと喋りながらの手術となった。

婦長にすれば、「一体、いつうちの看護師の仕事ぶりを観たというんですか」ではあったが、この場で反論するわけにもいかず、武田や院長のことを考えると、ただその屈辱に耐えるしかなかった。

武田はそんな沢良木の助手を務めながら、なんとか事故なく手術が終わるように必死に手を動かした。

こちらも噂に違わず、沢良木の手術はそれだけ酷かったのである。一言で言えば、「品のない手術」であった。

それでも沢良木の機嫌を損ねないように気を付けながら、助手である武田が手を出すことでなんとか一通りの手術の目的を達することができた。その代償として、通常の倍以上の疲れが武田に残されていた。

癌の手術では、術後に主治医がリンパ節を取り出して転移の有無を調べる検査に出したり、標本そのものを写真に撮ったりする切除標本の整理を行うのである。さらには、手術の内容を手術記録として記載するのだが、今回は沢良木が露骨に、しかしこちらから提案

料金受取人払郵便

新宿局承認

7552

差出有効期間
2024年1月
31日まで
（切手不要）

郵便はがき

1 6 0-8 7 9 1

1 4 1

東京都新宿区新宿1－10－1

(株)文芸社

愛読者カード係 行

ふりがな お名前		明治 大正 昭和 平成 年生 歳
ふりがな ご住所	□□□-□□□□	性別 男・女
お電話 番 号	（書籍ご注文の際に必要です）	ご職業
E-mail		

ご購読雑誌（複数可）	ご購読新聞 新聞

最近読んでおもしろかった本や今後、とりあげてほしいテーマをお教えください。

ご自分の研究成果や経験、お考え等を出版してみたいというお気持ちはありますか。

ある　　ない　　内容・テーマ（　　　　　　　　　　）

現在完成した作品をお持ちですか。

ある　　ない　　ジャンル・原稿量（　　　　　　　　　　）

書　名			
お買上 書　店	都道　　市区 府県　　郡	書店名	書店
		ご購入日	年　月　日

本書をどこでお知りになりましたか?

1.書店店頭　2.知人にすすめられて　3.インターネット(サイト名　　　　)

4.DMハガキ　5.広告、記事を見て(新聞、雑誌名　　　　)

上の質問に関連して、ご購入の決め手となったのは?

1.タイトル　2.著者　3.内容　4.カバーデザイン　5.帯

その他ご自由にお書きください。

(　　　　)

本書についてのご意見、ご感想をお聞かせください。

①内容について

②カバー、タイトル、帯について

弊社Webサイトからもご意見、ご感想をお寄せいただけます。

ご協力ありがとうございました。

※お寄せいただいたご意見、ご感想は新聞広告等で匿名にて使わせていただくことがあります。

※お客様の個人情報は、小社からの連絡のみに使用します。社外に提供することは一切ありません。

させるようなやり方で要求した接待のために、主治医である武田は沢良木と一緒に手術室を出ざるを得なかった。

まともな外科医であれば、手術後の患者さんの観察や標本整理など、大切なことが山積みであることは承知しているはずである。たとえ教授といえども、心ある外科医であれば、手術に呼ばれた当日には早々に帰り、また、自分の職場で待つ仕事に戻るのが通常であった。当然、手術に集中したのであれば、「疲れ」もあるはずである。

それが、沢良木には通用しなかった。最初から、手術後には接待ありきとしか思えない要求があったのだった。

それも、いわゆる「謝礼」以外に、である。

「すまんな」と詫びたうえで、標本整理と術後管理を柳田に頼んで、武田も沢良木に続いて術着から通勤着へと着替えをした。

武田は、通常は患者さんのご家族に手術の内容を説明してから標本整理、患者さんの状態のチェック、病棟への帰室と全ての経過に付き添うのだったが、今回はやむを得ず、ご家族への説明以外のことを柳田に頼んで行くことのなったのだった。

武田にしてみれば、これまでの自分の信念に反することではあったが、仮に自分が行かなかった場合の沢良木による病院への嫌がらせや、同行した事務長への無理難題の提案が心配で、結局責任を取る形で自分も行くことにしたのだった。

柳田は、今回の一連の出来事が、検討会での自分のしくじりからと思い込んでいるようで、「先生、留守番をしていますから」と、武田の気持ちを少しでも楽にさせようと明るく答えた。

武田には、柳田君を行かせたばっかりにと、逆に柳田に気を使うことでもあり、なんでこんな事に、と思うばかりではあった。

残った柳田は柳田で、自分を庇ってくれる武田に感謝しながらも、残ることであの沢良木について行かなくてよいのならいくらでも残っていようと思う自分に、武田を裏切っているような後ろめたい気分を味わっていた。

手術が終わるや否や、沢良木は術着をクリーニングして大学へ送るようにと言いながら、いつもの派手なスーツに着替えると、外で待つ事務長とタクシーで予約してある料理屋へと移動していた。

事務長は、手術室と連絡を取りながら、遅れると嫌味を言われるのではないかと恐れ、早くからタクシーを待たせて、自分はその後部座席のドアの外に立って待っていたのである。

武田は、沢良木と一緒に手術室を出るにはでたが、ご家族への説明だけは自分がしたいということで、沢良木に断ったうえで別のタクシーで少し遅れていくことになった。

そして、少し遅れて食事の席に着くことになった武田を確認したとたん、

「遅かったじゃないか。君は今でも自分で標本整理をしているのかね。ご丁寧なことだ」

「でもね、そんなことじゃぁ大物にはなれんよ」と、すでに飲み始めていたビールに沢良木の口は軽かった。

その隣で、事務長が「すみません。断れなくて」と小声で囁きながら、少し赤くなった顔で、先に飲み始めたことを詫びながら武田のコップにビールを注いだ。

武田は、遅れた詫びを言った後、儀礼的に礼を述べると、コップのビールを飲み干した。酒はそれほど強くない武田ではあったが、何故かその時はそうせざるを得なかった。

事務長の隣で沢良木は、店の仲居をからかうように大きな声を出し笑っていたが、そこには教授としての品格も、ましてや医師という職業人としての礼節もなく、武田は相槌を打つように頷くだけで、普段はあまり飲めない身体にアルコールを次々に注ぎ込むことでその場の自分を誤魔化そうとしていた。

『なんでこんな奴が教授に選ばれたんだ。我が大学も地に落ちてしまったものだ。』

武田は、すこし緩んだ思考の片隅で独り毒づき、少しだけ食事に口を付けた。

『もう、こんな奴には付いていけないな。』

武田の心に、そんな思いが芽生え始め、これまで何度か妻の縁者から相談されていた「開業」の二文字が、初めて現実味を帯びて頭に浮かんできていた。

それから1ヶ月が過ぎた。

なんとか武田の努力で無事に経過し、患者さんが元気に退院してくれたことだけが救いであった。

あの日、沢良木は、食事が済んでタクシーに向かう途中で、事務長を捕まえて礼金の話を持ち出した。もっとも、沢良木の口からは「手術の指導料」と表現されていた。そして、当人はひそひそ話のつもりのようではあったが、酔った勢いで大きな声で話す沢良木に、武田は情けなさと諦めからその場に立ち止まり、二人から距離を取るしかなかった。

もちろん、こんな理不尽な金を患者さんに請求するわけにはいかず、結局病院で被ることとなったが、器具の購入と併せて今回の手術に関しては大幅な持ち出しとなった。要は、今回の手術に関しては大きな赤字となったということである。

通常、病院外の先生に依頼して手術や処置をして貰う場合、それなりの謝礼は行われている。もっともお互い様であり、日当に少し上乗せした程度の社会的通念から見ても許される範囲の金額ではある。

それが、である。沢良木の場合は、ここぞとばかりにふっかけてきたような額であり、まさかそれを患者サイドに請求することはできないのはもちろん、表にも出せない性質の「お金」ということになる。

そして、そんな要求をしながら、タクシーチケットもしっかり受け取ってのお帰りであった。

事務長も、「困りました」と弱音を吐いたが、「これも必要経費と考えましょう」と言った。

てくれた山岡院長の言葉だけが救いであった。そこには、病院の最高責任者としての院長の覚悟のほどを示す引き締まった「顔」があり、事務長もこの院長で良かったと心から思うことになっていた。

今回のことでは、沢良木が料理屋を出る時に、酔った勢いで大きな声で事務長に無心したこともあって、店だけでなくタクシー関係者も知ることとなり、今までの「病院ツアー」に上乗せした形での噂として、私の耳にも聞こえてくることとなっていた。

武田先生は、地方の研究会などで一緒になることもあって、その人柄や外科医としての腕も知っていただけに、私としても同じ外科医としてやりきれない想いにさせられることとなった。

ある時、私の病院の事務長が近づいてきて、

「倉田先生、あそこも大変だったようですね。大将がひどいと下は苦労しますからね。それにしても気の毒ですねえ」と、事務長会で事務長さんから話を聞きましたと私に告げたうえで、「あいつの所の関連病院でなくて、本当に良かったです」と言うので、

「ああ、本当に。確かにうちが関連病院でなくてよかったですね」と答えるしかなかった。

それ以上は、何も言うこともできず、そっけなく言った私の返事に、真顔で頷く事務長がいた。

7. 総引き上げ

それからまたひと月が過ぎた。

どうやら、沢良木の「病院ツアー」も一巡したためか、今度は別の動きが出始めているようではあった。

そんなある日、沢良木から直接武田に電話が入った。

「その後どうかね」

その日の沢良木の声は、やはり妙にトーンが高かった。

「この間の患者さんは経過が良さそうでなによりだ」

「苦労しましたが」とは、武田の胸の内ではあるが、それを声には出せなかった。

「ところで、一度事務長をよこしてくれないかね。こちらから直接電話を入れるから、そう言っといてくれ」

言いたいことだけを言うと、沢良木はいつものように、武田の返答も聞かずに電話を切った。

どうやら言いたかったことは、患者のことではなかったようである。

『また何かある。』

武田は、漠とした不安に駆られはしたが、伝言を無視するわけにもいかず、すぐに事務長に電話を入れた。

「すみませんね。また何か要求してくるのかもしれませんが、とりあえず、連絡があるようですから」と受話器を持ちながら頭を下げる武田に、医局の若手が『また何かあったんですね』といった顔を向けてきた。

その日の夕方になって、沢良木から事務長に電話が入った。

武田への伝言があったために、事務長は全ての予定をキャンセルし、昼前から電話を待つことになったが、そんな事務長をじらすように夕方になってやっと電話が入ったのであった。

「先日はいろいろお世話になりました」

沢良木の声は妙に丁寧で、事務長は思わず身構えた。

「明日の午後四時に、私の教授室までお越し頂けませんか」

それは、事務長への呼び出しであったが、相手の都合を聞くという雰囲気はなく、その語気からはまさに命令であった。事務長にしてみれば、いずれにせよ「イエス」というしか術がないところに立たされていることは承知していた。

「では、よろしく」

今回も、言いたいことを言い終わるとすぐに電話は切れた。

事務長は、しばらくの間、身体が硬直したように動けず、受話器を持った手もそのままであったが、スケジュールを確認しなければ、と思い直して身体を動かし始めた。

結局、明日の午後の予定をキャンセルせざるを得なかったが、それとても、夕方の時間となっては相手があること故、誠に具合の悪いことではあった。それもまた沢良木の計算か。すべてを善意に考えてこれまでを生きてきた事務長ではあったが、沢良木に関しては悪意を感じざるを得なかった。そしてそう思ってしまう自分が情けなく、また悔しかった。

事務長は、武田には電話の内容は告げなかった。外科だけの話ではなさそうだという予感からであったが、何より武田に無用な心配を掛けたくなかったからであった。

そして、事務長は当日の朝になって院長にだけ沢良木訪問の事を告げることにした。「何を言われるか」ではあったが、太っ腹の院長の「是々非々でいきましょう」の一言に勇気を貰っていたからであり、改めてそのことを確認したかったからでもあった。

まさに、「是は是、非は非」である。

事務長は、緊張から吐き気を感じ、昼食はいつもの半分しか食べられなかった。周りで事情を知らない職員たちは、けげんな顔をしてその様子をみていたが、見られていることにも気が付かない様子の事務長であった。

事務長は、遅れて何か難癖をつけられてもいけないと考えて、早めに病院を出ることにした。指定された時刻は午後の四時ではあったが、それまで何をするにしても手に付くはずもなく、結局、その日の午後の予定は全てキャンセルしていたのであった。

普段の事務長は、運転が好きなこともあって自分で運転して出かけるのだが、今回はそれだけの気力もなく、若手の事務員に運転を頼むことにしての訪問であった。

独りでは、気が重く、なにか雑談でもしながら行かなければ気がおかしくなりそうな気がしたからだった。それに、こんな気分で運転して事故でも起こしたのでは、山岡院長や武田先生に申し訳ないということからでもあった。

もっとも、こんな気分では雑談をする気にならないのが実際であり、現実には事故防止が主な理由ではあった。

大学に着くとしばらく車の中で休んでいたが、三十分前を目途に、事務長は運転してきた若手を車に残して教授室を訪れた。

その方が、何かあっても自分一人で責任を被れるという覚悟であり、また今までの沢良木の事を考えると若手の前で何を言われるかわからないという恐怖心もあったからであった。

それに、『自分にも事務長として独りで立ち向かうだけの覚悟はあるのだ』と、自分で自分を勇気づけたかったという気持ちもどこかにあったからではあった。

時間を見計らって教授室の前まで行き、ドアをノックし返事を待った。

「どうぞ」という女性の声がして中に入ると、手前の部屋で秘書が机に座っており、事務的に来訪者の名前を確認した。

「これで三人目の秘書と聞いたが」と事務長は、これまでに聞いていた噂に照らして秘書を見ることとなった。

事務長が部屋に入り自分の名を告げると、秘書は面会予定を確認したうえで、すぐに教授室へ電話を入れ、沢良木に事務長が来たことを告げた。

「どうぞお入り下さい」

受話器を置いた秘書は、その場に立ち上がり教授室のドアを示した。彼女は、その場で丁重に入室を促しはしたが、決してその場を動こうとはしなかった。

それは、以前の教授時代にはなかった空々しい雰囲気であり、今が「沢良木の時代」であることを示していた。さらには、雇われているとはいえ、この秘書が沢良木をどう見ているかが良く理解されることでもあった。

ノックをして返事を待ったうえで、「お邪魔します」と礼をして入った事務長に、「やあ、ご足労願って恐縮、恐縮」と沢良木は妙に上機嫌に出迎え、事務長に机の前のソファを勧めた。

その後、当たり障りのない話が続いたが、秘書はいっこうに入ってくる気配もなく、沢良木が自らポットから茶を入れて事務長の前に置いた。

いろいろなことから、秘書は教授室への入室を拒絶しているようでもあり、また教授室でのいろいろな「取引」を聞かせたくない沢良木も秘書の入室を許さない、といった雰囲気が漂っていた。このことは、事前に聞いていたことではあったが、恐らくは両方が当たっているのではないかと事務長は確信した。

自分が入れた茶を口に含んだ時、沢良木の目がすっと細くなった。

それに気づいた事務長は、背中にぞくりとする悪寒が走り、どっと冷や汗が出たという。

『来るな。』

事務長は直感した。

「ところで、この前の手術の時にはお世話になりました。患者さんも経過は良かったようで何よりでした」

沢良木が何かを言いたげに言葉を続けた。

事務長にしてみると、その手術までの紆余曲折を知っているうえに、手術日のやりくりなどで武田をはじめとする外科の先生方の困惑ぶりを知っているだけに、何とも答えようがなかった。

それに、術後は決して順調ではなく、武田がかなりの負担を強いられていた事もよくわかっていたので尚更何も言い返す言葉がみつからなかった。

「ところで、」

沢良木が続けた。

「今後も、こうした手術のお手伝いや検査の協力をさせて頂くことがあると思うんですよ。

そこで、私も定期的にそちらに出向いていろいろアドヴァイスができたらと思っています」

沢良木は自分に酔ったような表情で喋り始めた。

「そうは言っても忙しい身ですので、定期的にきちんとは行けませんがね」

事務長は、「はあ」と何を言いたいのかわからないといった風に答えた。

「それはそれとして、」

沢良木は、そういうと立ち上がって自分の机の方へと向かい、引き出しを開けた。そして、何かを手にすると戻ってきて、再び事務長の向かい側のソファに座り直した。

彼の手には、すぐにそれとわかる銀行の通帳が数冊握られていた。

「今後、指導料ということで、こちらに毎月20万ずつ振り込んで頂けませんか」

沢良木は、手にした通帳を事務長の前にカードでも拡げるようにして並べると、「ここにあるどこの銀行でも良いですから」と、薄笑いを浮かべながら続けた。

「えっ、それは」と答えかける事務長に、

「全部にとは言わないので、どこかそちらが都合の良い銀行でいいと言っているんだよ。聞こえなかったかね」と語気を強めた。

そこには、全国規模の銀行から地元の信用金庫まで数行の、しかも沢良木の個人名義の通帳が並んでいた。

事務長は背中に冷たい汗が流れるのを感じ、膝の上で握りしめていた手の内もじっとりと濡れてきていた。

『ここで、受けたらお終いだ。』

頭の中で、励ますように院長の「是々非々」と言う声が響いた。

事務長は、かすれた声でなんとか答えた。

「私の一存では決めかねますので、持ち帰りまして院長と相談して参ります」

そう答えると頭を両の膝に挟むようにお辞儀をして耐えた。

「なぁんだ。事務長というから期待していたのに、こんな事も一人で決められないのかね。だから田舎の病院は困るんだよ」

最後には吠えるように毒づき、沢良木は乱暴に通帳をまとめると立ち上がり、足早に自分の机の引き出しにしまい込んだ。

「どこでもちゃぁんと払ってくれているんだがね。これは関連病院の義務なんだ。そうは思わんかね」

再び、酔ったような表情で沢良木が言った。

「誠に申し訳ありません。そう仰られても私にはそれだけの権限がありませんので申し訳ありません」

再び、事務長はそう言って頭を下げた。

「そう、じゃもういいからさっさと帰りなさい。全く、子供の使いの方がまだましだよ」

沢良木が嘯いた。

やっと帰れる、とばかりに、事務長は飛び上がるように立ち上がったが、傍目には力無く肩を落とした事務長の姿があり、とぼとぼと教授室を出る背中があった。

その事務長の背中に、「すぐに相談して返事を持ってこい」という沢良木の怒鳴るような声が突き刺さり、続いてバタンと荒々しくドアの閉まる音が響いた。

次の部屋にいた秘書は、何も聞こえていませんというように表情を何一つ変えることもなく、静かに机の上に視線を落としていた。


事務長は、どこをどう通って車まで辿り着いたかもわからない風であった。

そして、「お待たせしましたね。帰りましょうか」とだけ告げると、倒れ込むように後部座席に乗り込んだ。若手の事務員が初めて見る事務長の疲れ切った姿であった。事務員は後部座席のドアを閉めながら、「お疲れ様」の声を掛けようとしたが、事務長が初めて見せるそんな姿に声を掛けることができなかった。

事務長は、疲れて眠っているようにも見え、それでいて目は薄く開いてどこか遠くを見ているようにも思えた。

『噂通りの「蟻地獄」だ。』

事務長の頭の中では、「蟻地獄」の文字がくるくると回って、深い穴底へ落ちていく気分になり、思わず「うっ」と呻き声をあげた。

運転している若手事務員は、ちらっとルームミラーに目を向けたが、すぐに視線を前方に戻した。

病院に帰ると、事務長は運転をしてくれた若手への挨拶もできないままに車を降りると、真っ直ぐに院長室に足を運んだ。

院長は、事務長の沢良木訪問を了解しており、その帰りを待つために部屋に残っていた。

「どうでしたか」

入ってきた事務長に、挨拶ももどかしいといった様子で院長が尋ねた。

もっとも、事務長とは長い付合いの院長であり、部屋に入ってくる時の事務長の疲れ切った様子から、それ相当の嫌な話であっただろうことは、十二分に想像されたことではあった。

「はい、それが」

事務長は、疲れが色濃く浮かんだ顔で答えると、済みませんと断ると院長室のソファに倒れ込むように座った。

そんな事務長に、院長もさすがにすぐには声を掛けられなかった。それは、長年タッグを組んできた事務長が見せる、初めてといっていいほどに疲れ切った姿であった。

事務長は一息つくと、教授室で沢良木に会ってからのやりとりの一部始終を報告したが、終わり頃にはその緊張と恐怖を思い出したのか、身体を振るわせながらの報告であり、最後には悔しさや怒りも加わって涙声となっていた。

「そうでしたか。それは辛い思いをさせましたね。私も行けばよかった。そうしておけば、その場ですぐに断れましたからね」

院長がすまなそうに、それでいて毅然とした態度で答えた。

その返事に、事務長は『やはり、この院長についてきて良かった』という想いが湧いてきて、萎えた気持ちに希望の光が差し込んだような、そして少し肩の荷が降りたような気がした。

「いいえ、私の仕事ですから。でも、今、院長からはっきりと「断る」と言って頂けたことで、変に機嫌を取るような返事をしてこなくて良かったと、私にも勇気が沸いてきました」と、事務長はハンカチで汗と涙がないまぜになった顔を拭きながら答えた。

「いや、申し訳なかった」

院長は、もう一度事務長に頭を下げて詫びると、

「じゃあ、これから返事をしましょう。こんな事への返事なら、電話でいいでしょう。こんな無茶な裏金の要求には応じられるはずがありませんからね」

院長は、少し顔を赤らめながらきっぱりと『裏金』と言い切った。

確かに、関連病院からの大学医局への資金提供はある。しかし、それは手術に来てもらった時の常識的な謝礼であったり、患者さんのやりとりといった「実」があるものであり、時には学会開催への寄付金であったりもするが、全て表に出して恥ずかしくないものばかりである。

しかし、沢良木は形式だけ、というより名目だけ整えて、実際には「実」のない金の提供を要求してきたのである。それも、教授という権威を振りかざして、個人名義の口座へ

の振り込みを要求してきたのである。これを、『裏金』と呼ばずして、何をそう呼ぶのか。長年、医療経営に携わり、表も裏も見てきた院長ならではの即断であった。

山岡にすれば、沢良木の言っていることは「実」のない「虚」であり、これに「口」をつければ「嘘」になるということで、まさに沢良木の本性を現していると感じていた。もともと正義感の強い山岡であるし、それでなくても所謂「裏金問題」は、どこの世界でも厳禁であることは論を待たない。

もっとも、そうした「金」を目当てに教授に成り果せた沢良木にすれば、「なにが悪い」と言うことであり、「今こそ」ということなのであろうか。

山岡は、事務長から示された電話番号を自ら押すと、受話器を持って身構えた。すでに、秘書は帰った時刻なのか、数回のコールの後に、予想した通りに沢良木が直接出た。

「先ほどは当院の事務長がお邪魔いたしまして」と、夕方の忙しい時刻での電話をわびた後に山岡が告げた。

「はいはい、沢良木でございますが」

良い返事が来るとでも思ったのか、妙に慇懃無礼な口ぶりで沢良木が答えた。

「先ほどはうちの事務長がお邪魔しましていろいろお話を伺ったようですが、」

院長が改めて切り出したが、その語気には抗議にも似た強いものがあり、沢良木も身構えた。

「それで、どうなのかね」

沢良木は、院長の語気の強さに気付くと、相手が喋り終わるのも待たずに、今度はぶっきら棒な調子で言い返してきた。そのしゃべり方には、医師として先輩の山岡に対する敬意など微塵も感じられなかった。

「沢良木先生、こんな要求を受けられるはずがないでしょう。もちろん、手術に来て頂いた時のお礼や、きちんと処理できる寄付はさせていただきますが、今回のお話しはおかしいんじゃないでしょうか。当方としては、先生の仰っていることがよく理解できませんし、こんなことはお止めになった方がいいんじゃないですかね」

沢良木より年上の山岡は、少しでも意見し彼が変われればと思えばこそ、また、こんな輩ではあろうとも、それでも相手を教授として敬意を払いながら続けた。

「そんなことはどうでもいい。私の指示に従うかどうかだ」

沢良木が、面白いほど単純にその本性を現した。

いくつかの修羅場といったことも乗り越えてきている山岡院長の言葉に、沢良木は簡単に乗せられた形となった。人は核心を突かれると、案外素直にその本性を表すものであり、沢良木もまたその不正を指摘され、いとも簡単に声を荒げ、その本性を曝け出したのである。

「こんな事が表に出たらどうなるか考えてご覧なさい。到底受け入れられる事ではないでしょう」

山岡院長が続けると、

「なにを…」と言いかけて、沢良木は息を詰まらせた。

余りの直截な批判に直面し、沢良木は怒りと興奮で、まさに声を失うことになっていた。そのうえで、もしも面と向かって話していれば掴みかかりそうな雰囲気が、受話器を通して伝わってきていた。

「このお話はお断り致します。このお話以外のことは、今後ともよろしくお願い致しますが、もう一度考え直された方が良いですよ」

山岡は、きっぱりと言ってから、最後には教授への礼を失せぬように挨拶し受話器を置いた。

受話器の向こうでは、沢良木が鬼のような形相で、声を失ったまま受話器を握って立っていた。

その姿を見たものがいれば、決して教授とは思えなかったろうし、もとより医師という崇高な仕事を担う人間といった面影すらなくなく、欲にまみれた餓鬼そのものにしか見えなかっただろう。

『くそっ、赦さんぞ。このままでは俺のメンツが立たん。』

『これを赦せば、同調者が出てくるかもしれん。』

沢良木が考えることと言ったら、所詮この程度である。

そして、核心を突かれたが故に、沢良木は山岡院長の忠告に言葉を返すこともできず、そして怒りのために握りしめた受話器を置くこともできずに突っ立ったままで、部屋には受話器からのツーツーという発信音が響くだけであった。

受話器を置いた山岡が振り返り、少し息を整えてから事務長に言った。

「ご苦労様でした。これで良いでしょう。これからも、是は是、非は非ということでいきましょう」

「はい。これですっきりしました。有難うございました」

いつもの表情に戻った事務長が答えた。

「嫌な思いをさせましたね。それにしても、今時何であんな男を選んだんでしょうかね」

山岡は、沢良木を非難すると言うよりは、彼を教授に選んだ教授会の見知った面々の顔を思い出しながら、改めて、何か裏でもあったのかなと思いながら独り言のように呟いた。

「情けないことだ」

山岡は、事務長には聞こえないように、続けて正直な心情を吐露した。

「それで、何か言っておられましたか」

事務長は、断ったことはそれで良かったと思いながらも、これからの沢良木の報復を心配していた。

あれだけの「ワル」である。決してこのままでは済まないと思うのが当然ではあった。

また、事務長会などでの沢良木の行状を聞いていただけに、心配することになると同時に、自分も当事者になったのだという恐怖心もあったのが事実ではあった。それでも、沢良木に対する言葉使いだけは丁寧であり、それが事務長の人柄を表していた。

そうした事務長の心配を察して、

「ご心配はごもっともですが、断る以上は何らかの報復を含めて、こちらもそれなりの覚悟をしておきましょう。なにか言ってきたらその時に対応すればよいことですしね」

「それに、こちらが仕掛けたことではないですし、こちらから動くこともないでしょう」

歴戦の戦士とでもいった落ち着きで、山岡院長は静かにその覚悟を口にした。

「まずは、日々の仕事をきちんと続けましょう。患者さんが第一ですから」と、山岡は自分にも言い聞かせるように続けた。

「はい、仰るとおりです」

事務長が答えた。

事務長は、院長が敢えて「報復」という言葉を使ったことに、その覚悟の程を確認した。

これまでの経験で、弁護士や警察関係とも付き合いのある山岡であり、自分の系列の大学以外の教授や名だたる医師達とも多くの交流がある人格者で通っている院長である。

然るべき時には、然るべき方策をとる。

それこそが、それなりの組織で責任を担う立場にある者のあるべき姿であろう。

どこの世界でもあることではあるが、「医局」というある種任侠の世界では、教授の命令に逆らうことは、必ず何らかの仕打ちが行われることがあるのも当然のことと考えられているのであり、過去のそうした逸話も数多く知っている山岡でもあった。

「このことは、ここだけの話と言うことでお願いしますよ。武田先生には、折をみて私から話しておきますから」

「はい、よろしくお願いします」と、事務長が答えるのへ、「ご苦労様でした。今夜はゆっくり休んで下さい」と、山岡が労いの言葉をかけた。

事務長は、これでこそ自分が信じた院長だ、と勇気づけられた想いで部屋を出た。

もちろん、沢良木から言えば直接の部下になる外科の面々、特に武田先生には、責任感が強い先生だけに、すぐには言わない方がよいだろうと事務長も院長の考えに賛成し、改めて院長の胆の座り方や対応の仕方に感服していた。


それから1週間が過ぎた。

妙に動きのない静かな1週間であったが、それは嵐の前の静けさであった。

そして、嵐は突然にやってきた。

「総引き上げ」である。

それは一本の電話から始まった。

院長は手強いと考えたのか、沢良木から外科のトップである武田に直接電話が入ったのである。

それは、外来診療が始まったばかりの午前九時過ぎのことであった。

秘書の引き継ぎに続いて出た沢良木が唐突に、

「武田君、今月中に君と玉岡君は東海第1病院へ転勤して貰うから。それから柳田君と小山君は大学病院へ帰って貰うことにしたのでよろしく」と、挨拶もなしに一気に言った。

「えっ、どういう事ですか」

突然の打診もないままの人事異動の連絡に、武田は驚き頭が混乱した。

通常、関連病院に絡む人事では、先ずはその病院の外科のトップ、ここでは武田に人事権を持つ教授なり調整役の医局長からの打診があり、それなりの時間をかけて異動を決めていくのである。もちろん、病院のトップである病院長への了解も取り付けなければならない。さらに、新規の赴任でない限りは、誰かが抜ければその穴を別の所からの異動で埋めなければ、日々の診療に問題を起こしてくるわけで、それなりの時間が必要になるということである。

それに、今回は通常の人事異動の時期でもなかったし、今の病院は武田が来てから順調に成長し、これからという時期でもあっただけに、武田は沢良木の明け透けな悪意を感じ取ることになった。

「おたくの院長に聞いてみるんだね」

沢良木は武田の返答に、『こいつとぼけやがって』と思ったのか、腹を立てたように声を荒げた。

先日、事務長を返した後に院長からかかってきた電話では、院長は狼狽えた様子もなく沢良木の申し出を断ったうえに、忠告までしていた。どうやら、沢良木はそのことに余程プライドを傷つけられたようで、そのことがいつになく言葉遣いを乱暴にさせていた。

「いいえ、何も聞いていませんし…。で、後任はどなたが…」

言いかけた武田に、

「そんなものがあると思っているのかね。あの馬鹿院長とよく相談するんだな」と、沢良木は吠えるように言うと、「お宅のお偉い院長先生なら、すぐにでも後任を見つけてくれるんじゃないのか」

そう言い放つと、沢良木は乱暴に電話を切った。

武田は、事情が飲み込めないままに受話器を持ったまま椅子に身を預けた。

「先生」

そばで待っていたナースが心配そうに声を掛けた。沢良木の怒鳴り声がナースの耳にも聞こえていたのである。

武田は、彼女の声で我に返ると外来患者のカルテを見たが、すぐに対応した方が良いと判断し、ついていたナースに頼んで外来婦長を呼んでもらった。

「すまん、急用ができて院長に会わなきゃならんので、今朝の外来は誰かに代わってもらえないかな」

普段、誰よりも患者の診療を大切にする武田の申し出だけに、そして、こうしたことは武田が赴任して以来、初めてのことだけに、外来婦長も事態の重要性と緊急性をすぐに理解した。

「わかりました。小山先生が午前中は病棟回診のはずですから、こちらに回ってもらいます」と、すぐに答えた。

さすがに外来婦長ともなると、曜日毎の医者の勤務配置を把握しているようである。中堅の玉岡と後期研修に入っていた柳田は、その時間帯は検査に入っていて動けないことも承知したうえでの返答であった。

武田は、「すまないね。患者さんにもよろしく言ってくれませんか」と声を掛けると、いったん医局に戻ってから院長室に電話を入れた。

院長は、電話での武田からの報告を聞くと、「いよいよ来ましたか」と静かに答え、すぐに部屋に来て下さいと続けた。

それにしても、である。

沢良木は、この電話だけでも見事に武田の勤務する病院の外来を混乱に陥れることに成功していた。これもまた、彼の計算づくのことであろうか。

武田が院長室に入ると、すでに事務長も呼ばれて来ていた。

「武田先生、ご苦労様です」

山岡院長が武田にソファを勧め、武田をはじめ外科の面々に黙っていたことを詫びた上で、これまでの経緯を説明した。

「ということで、彼のことだから何らかの報復はしてくると思っていましたが、外科の総引き上げですか」

山岡は、いくらなんでも人員の削減ぐらいだろうとは考えていたが、それが甘かったことを感じ、改めて「それにしても、酷いですね」と言い足した。

「申し訳ありません」

武田は、自分の属する医局のトップの仕打ちだけに、自分のことは忘れて、思わず院長と事務長に詫びを言った。

「いいえ、先生は何も悪くはないのですし、彼がおかしいだけですよ」

院長が慰めるように答えた。

事務長は、先日の教授室でのことを思い出して身を硬くしながら、「それにしても、大変なことになりましたね」と呟いた。

山岡はため息をついて、

「噂には聞いていましたが、本当だったんですね」

「まさかとは思っていたんですがね」

さすがの山岡も二の句を継げないといった様子ではあった。

すでに、この地区の病院の事務長達で構成される事務長会では、沢良木についてはいくつかの噂が流れていた。先の「病院ツアー」もその一つであったが、すでに関連病院を一巡したこともあってか、既成事実として確認されることはあっても、不名誉かつ不愉快なことだけに誰も口にしようとする者はいなくなっていた。そのうえで、次にはどんな言いがかりをつけられるのだろうかということに話題が移っていた時期ではあった。

時に、「どこそこの病院に、また沢良木からこんな無理な話が来た」といった噂が出ては消えていったが、いずれも一般常識あるいは医療界の慣例から考えて、誰もがあり得ないと考える話であった。

噂の中には、沢良木が女を囲っているだとか、ある病院の役員になって報酬を得ているだとかといった類のものもあったが、誰もが、面白がって誰かが流した与太話の部類と思われていたのである。

もっとも、人事に関する話もあり、新規に開業する医者から、いろいろと金を受け取っては、自分の所の医局員を回しているという噂もあった。

しかし、ほとんどの事務長が、もちろん武田の病院の事務長も含めて、そんなことは良識を持って考えればあり得ないと思うようなことばかりであった。

しかし、それが今回の仕打ちで、「全て有り得る」ということになってきたのだった。火のないところに煙は立たず、何より「沢良木ならやりかねない」ということである。

実のところ、少し前に第2外科の医師が新規に赴任した病院があったが、その病院がいくらかの金を積んで医者を回してくれるように頼んでいたという話が、山岡院長の耳にも入ってきていた。

それはそれで、さすがにゴールド沢良木と言われるだけあって、医局の人事に絡めてまで金の噂が出るものだと聞き流していたが、それと符合するように今回の武田をはじめとする外科医全員への人事異動が言い渡されたのである。しかも、異動先として先の金を払ったという噂のある病院の名前も出てくることになると、やはり、これまでの話は事実だったのだと確認されることになった。

山岡は期せずして、沢良木の「負の事実」を確認することになったようだと気付き、見たくないものを突き付けられたような嫌な気分になっていた。

それにしても、武田や玉岡のような中堅医師で、今いる病院を実質的に支えている者を突然に異動させるという人事は余りにも乱暴なものであった。

それだけ、沢良木にとっては、金に絡んでの恨みは深いということなのだろうか。

また、噂のひとつであった病院の役員に入り込んでの報酬の搾取についてもいろいろと具体的な話が聞こえ始めたのもその頃からであった。

それは、不正請求で有名な、それでいてどこの病院も引き受けられないような老人患者ばかりを入院させているという病院で、そのために管轄の保険局も不正を確認しながらも、潰すに潰せないでいるといった病院での話であった。

以前に、それなりに元気ではあっても行き場がないという高齢者を、病人として入院させるという「社会的入院」が問題になったことがあったが、世の中には本当の意味での病持ちで行き場のない高齢者も大勢いるのも事実である。

沢良木は、誰も関わろうとしないこの病院に目をつけると、「再建」を旗印に自分の医局から若手を院長として送り込んだのである。

その上で、その若手に高額な給料を取らせることを条件に、これまた法外な「指導料」を自分の銀行口座に入れさせるという荒業を振るっていたのであるが、それは後に発覚することであった。

さて、話を院長室に戻そう。

山岡院長のため息を受けて、武田が言った。

「私は今、あの教授の下にいる自分を恥じています」と院長と事務長に深々と頭を下げた。

「今日の昼に、外科の先生方に話をしたいと思っています。ご迷惑をおかけします」と言って、再び頭を下げた。

今の武田には、それだけ言うのが精一杯であったが、頭の中は混乱し、また腹の中は煮えくり返るといった想いで、これまでに抱いたことのないほど大きな怒りを感じていた。

そうは言っても、異動までの猶予は1カ月と短い。

『これからどうしたらいいのか。』

武田の頭の中は、早速その事で一杯になっていった。

そんな武田の様子を観た山岡は、

「武田先生、出来る限り先生方のバックアップをしていきますから、急かないでいいですよ」と話しかけた。

山岡のそんな言葉で我に返ったといった武田が「いったん医局へ寄ってから、まだ時間がありますので外来へ戻ります」と言い、山岡が「一緒に策を練りましょう」と付け加えて武田を見送った。

いったん医局に帰った武田は、医局秘書に頼んで、外科の先生方にお昼に集合するように伝えてもらう手配をした上で、なんとか気力を振り絞って外来へと向かった。

外来に行っても、さすがに仕事は手に付かず、なんとか格好だけは付けてはいたが、武田の頭には二つのことが渦巻いていた。一つは、この病院の外科を頼ってきてくれている患者さんがどうなるのかと言うことであり、もう一つは一緒に頑張ってきた外科の先生達の事であった。

前者を考えれば、沢良木と喧嘩をしてでもこの病院に残りたい。きっと今の院長ならそれに応じてくれるだろう。一方で、今回のことで自分も含めて、外科医たちの将来がどうなるのか気がかりということであった。実のところ、自分自身の今後がどうなるとかという不安が芽生えることも認めなければならなかった。武田は、そんな自分を情けないと思いつつ、先ずはなんとか他の三人の仲間が困らないようにしなければと自分に言い聞かせていた。

昼、医局には朝からの武田の動きから、異常を察した玉岡と柳田が不安そうな顔つきで待っていた。

武田は、残った外来を済ませると、昼食もとらないままに、急遽手伝いに回っていた小山と一緒に医局へと上がってきた。

まずは、武田がここまでの事情を順序だてて説明した。

すでに、沢良木が手術に来る前からのいろいろな問題を知っているだけに、皆がすぐに事態を飲み込み、一斉に沢良木に対する非難の声をあげた。

その中で、玉岡が意を決したように発言を求めた。

「武田先生、今度のことで踏ん切りがつきました。こんな時にみんなには申し訳ないですが、前から考えていた開業をすることに決めます。妻の親から話が来ていたんで迷っていたんですが、これで決心が付きました。あんな馬鹿な奴の下ではやってはいけませんからね」

どうやら、皆が沢良木の「実態」を知ることになっていた様であり、先の「手術事件」以降、それなりに自分の出処進退を考えていたものと思えた。

武田は、「あんな馬鹿」と吐き捨てるように言った玉岡の言葉が耳に残ったが、『それはそうだ』と頷くしかなかった。

玉岡の義父は内科医で、妻の実家で医院を経営していたのである。義父には二人の娘がいたが、それぞれに他家に嫁いでおり跡継ぎがいないことから、少し前から、長女の婿である玉岡に跡を継いでくれないかと相談があったのだった。

玉岡は、以前から、義理の息子、しかも外科医である自分に内科を継いで欲しいというのは無茶な申し出と分かったうえで、それでもなお「自分を見込んでくれたからこその頼みである」と、嬉しい想いもあるというのが正直な気持ちではあった。内科医として、長く開業して地域医療を支えている義父のことを尊敬もしていた玉岡は、それなりに手術ができる今の職場への外科医としての愛着との狭間で悩んでいたということだった。それは、愛する妻の父親であり、同じ医者として尊敬できる義父からの申し出であればこその悩みであった。

最近のそうした玉岡のことに気付いていた武田だけに、その言葉を素直に受け止め、自分の「開業」のことはひとまず置いておいて、快く送り出してやろうと決断することになった。

確かに、あの沢良木の下では誰も働きたくはないだろう。

内科に比べれば、技術職である外科医はそれなりの「修行」を積むことになり、それだけ手術を行う外科医という仕事に思い入れができるものである。玉岡はそれをあっさりと捨てるという。今回の出来事は、それだけ衝撃的なことであったと同時に、一人の外科医の生き方を変えさせるだけのインパクトがあったということでもあった。

武田は、玉岡が消化器外科と併せて消化器内視鏡の分野でも一角の技術を習得してきていたことから、内科医としても立派に親父さんの跡を継いでいくだろうと考え、祝福して送り出そうと腹を括ったのである。

続いて後期研修を終えようとしている、病院では三番手の柳田が口を開いた。

「私は、医局を辞めます」

その決意の程を表明するような、きっぱりとした言い方に、皆は目を見張ったが、玉岡が「おまえは若いんだし、それが一番良いかもな」と言い、引き留めようとする声はだれからも出なかった。

柳田は、今回の一連の出来事の発端を作ったと自分を責めており、悶々とした日々を送っていた。武田もそのことを心配はしていたものの、どうしてやれば良いかをみつけられないままに今に至ったということであった。

柳田は、自分を責めてきた分と同じだけ、沢良木という人物への嫌悪感も増幅していたようであった。その一方で、武田たちへの恩義の気持ちとの間で苦しんでいただけに、今回の出来事で決心がついたとでもいった風で、柳田の顔には憑き物が落ちたとでもいった表情が見て取れた。

武田は、「それも選択の一つでしょうね。彼には私から一身上の都合とでも言っておきましょう」と答えた。もはや柳田を引き留める理由はなく、大学の医局への義理立てもする必要もなかった。

武田は、沢良木の名を口にしたくないのか、「彼」と自然に呼び捨てにしていた。

柳田も、この前の「手術事件」の前後の成り行きから、若者として素直に『こんな教授の下で大丈夫なのか』といった不安を募らせていたようで、今回のことをきっかけに、すぐに決心が付いた様子であった。

それにまだ若い柳田には、他の大学の医局に入り直すだけの余裕も残されていた。もっとも、沢良木の医局にいたということについては、なにかと問題視される心配がないわけでもなかったが、柳田が入局した後に沢良木が教授になったということで、そこは大丈夫だろうということで話が落ち着いた。

残るは小山であったが、小山は卒業後3年目に入ったところで、手術で言えば助手として独り立ちし始めた時期であり、外来では再診の患者さんを中心に担当するというレベルであった。当然、医者の社会の中では、まだまだ駆け出しのレベルといったところである。

「武田先生、私はどうしたら良いんでしょうか」

赴任以来、兄とも師とも仰いできた武田に縋るような視線を向けた。

「そうですね。申し訳ないが、私の歳になると、柳田君のようにすぐに医局を辞めるわけにもいかず、かといって小山君の将来をどうこうする力もないので、何とも言いようがないですね」

武田は、こうしたときに力になれないことに情けなさとすまなさを感じて答えた。

「とりあえずは、指示があったように、一旦大学病院に帰って、様子をみてはどうでしょうかね。いずれにしても、彼がどうなるかを見極めても良いのではないですか」

武田は、何もしてやれないという悔しさを押し殺して、自分だったらどうするかと考えながら小山に話した。

「それに、ちゃんとした先生方もまだ残っておられますし、直接の指導はそうした先生にお願いできるはずですから」

小山は、どうしたらよいのかわからないままに、ただ、「はあ」と答えるしかなかった。

武田は、そんな小山に、

「まだ若いんだし、何とでもなるよ。それに、私の知っている先生方にちゃんと頼んであげるから」と、しょげた様子の小山の背中を押してやることしかできなかった。

仮に自分がここに残ることになったにせよ、今回の騒動に小山を、若い外科医の将来を潰すようなことはできないという想いから、これまで手塩にかけた小山を魔界の地へ戻れと言うしかない自分を、武田は改めて情けなく感じていた。

武田自身は、自分が医局を抜けて他の系列の病院へ移るなり開業することで、他の関連病院をも巻き込んでの人事のドミノ倒しを引き起こしたくないと考え、熟慮の末に沢良木の命ずるままに異動することを決意した。玉岡に、「開業」を先に言い出されたこともあったが、自分には向いていないと自分の気持ちを納得させてのことではあった。

武田の技量をもってすれば、手を挙げさえすれば、医局を離れての就職のオファーも沢山来たはずでもあったが、これ以上に自分たちが原因になって、無用の波風を立てたくないと覚悟したということでもあった。

このことは、後々、玉岡の開業と柳田の医局離脱と引き換えの条件だったと噂されることになるのであったが、武田自身がこの時の心情を語ることはなかった。

結局、この「総引き上げ」劇は、武田の転勤、玉岡の開業、柳田の医局辞任での留任、小山の大学病院への転勤で幕を閉じた。

通常の異動の時期とは異なり、また準備期間も一ヶ月と短い期間であったために、事はドタバタとなされ、沢良木の目論見通りに、山岡院長が管理する病院での外科診療は実質的に崩壊した。

外来患者については、治療の内容に合わせて内科や整形外科に転科してもらい、外科的な診療が不可欠な患者に関しては近隣の病院の外科へ紹介とすることになった。このため、外科外来では新規の患者さんは受け付けないことになり、当然病院の外科部門での収益は激減することになった。さらに、外来で待っている手術予定の患者さんについては、事情を話した上で、それぞれに資料と紹介状を用意して希望先の病院へ転院してもらうことになった。

問題はすでに手術をして入院中の患者さんと、入院して手術直前になっている患者さんであった。

この患者さん達に関しては、術後の方は退院まで柳田が診ることとなり、責任者であった武田と電話やメールで連絡を取り合って治療を続けることとなった。また、手術予定の患者のうち、術後の入院期間が短いと考えられる疾患の場合のみ、残りの期間に手術を行うことになり、大きな手術が必要な方については、院長にも同席をお願いした上で、武田から説明をして希望の病院へと転院してもらうことにした。もっとも、短期間で退院できるはずの手術という事であればあるだけに、患者の数も知れており、それもこうした異動の準備の間に行うことができるだけのことで、患者にとっても、また手術をする医者にとっても大きな負担となった。

それでも、幸いに大きなトラブルもなく、全てのことが順次片付けられていったのであった。

ここにこうして書くだけでも、それなりのスペースを必要とするように、この一連の作業は大変な労力が必要であった。もちろん、院内全体での協力が必要である上に、受け入れてもらえる病院探しや、希望された病院への手配などが一度に重なった状態になったからでもある。

四人の外科医師だけでなく、事情を知った内科医や整形外科医も紹介先への連絡を手伝ってくれ、看護師や医局秘書たちも資料の整理や紹介状の用意などに手を貸してくれたのであった。

このことは、武田が赴任以来築き上げてきた外科のチーム医療が院内に拡がってきていた証といえた。しかし、同時に、こうして築き上げてきたものが、一人の金の亡者のために、あとわずかで消えていくという辛い現実も突き付けられることになっていた。

山岡院長の病院でこの問題が起こった時、周辺の外科がある病院では、すでに沢良木の悪行は知れ渡っていることに加えて、武田のこれまでに築き上げた良好な交友関係のお陰で、ここでも「できる限りの協力」を得ることができたのだった。もっとも、これが普通のことであり、同じ医者、外科医としてのモラルではあった。

それが、あの一度の電話で崩れ去ろうとしているのである。

柳田を除く三人の外科医達は、病院から与えられた官舎や長年住んでいた住宅からの引っ越しの準備もあり、皆、病院の仕事を片付けた上での深夜に及ぶ作業で、いつも以上に寝不足となっていた。しかも、家族持ちの場合には、急な人事に文句を言われながらのことでもあった。

残ることにした柳田にしても、やっと一人前の格好が付いてきたというだけで、何かあればすぐに武田や玉岡に相談できるということでの「一人前」であっただけに、これからへの不安は隠しきれなかった。本来なら、これから本当の意味で独り立ちできるという矢先の出来事であったのだから。

一方、この「急な異動」が決まってから、院長と事務長は、院長自身や武田の持つ人脈を頼りに、中部大学医学部とは別の大学医学部からの外科医の派遣をお願いすることに奔走していた。

このことは、中部大学医学部外科との決別を表明することに他ならず、歴史ある中部大学医学部の支配地域にある病院としては異例のことではあった。もちろん、沢良木と中部大学医学部第1外科との関係も知れていることから、第1外科に依頼することなど、端から諦めての事でもあった。

山岡が病院長として率いる病院では、内科や整形外科といった他の科の医師たちも中部大学医学部のそれぞれの科から派遣を受けていた。しかし、今回の外科医を他の大学に派遣要請するという異常事態は、そもそも沢良木というわば大学側に非がある出来事と知れていたことから、同じ大学内の医局からのクレームは来ないだろうとは、山岡の腹積もりではあった。

その上で、山岡院長も事務長も、そして今となっては事情を知るところとなった職員全員が、これから起こると予想される苦労を背負う覚悟はできていた。これは、当の沢良木に対してはもちろんのこと、そうした輩を教授として選び、好きにさせている他の教授たちや自浄作用のない大学自体に対する抗議の意味でもあったし、何より愛想を尽かしてしまったというのが本音でもあった。

こうした緊急事態の中で、山岡院長が中部大学医学部の卒業生であり、同大学内科の医局出身であることは、職員の皆が承知していた。さらには、山岡がその温厚な人柄から中部大学内に多くの人脈を築いているという事実が、表立って口にはされなくとも、職員たちの心の支えになっていた。それだけ、通常であれば母体ともいえる大学の医局と関連病院は密な連携で結ばれているということなのだが、今回の外科の医局では話が違うということであった。

残ることになった柳田にしてみると、自ら決断したとはいえ、地元医学部の外科医局との関係がなくなることは最大の不安材料であった。しかし、そうなるきっかけを自分が作ったのではないかと思うと、そうした不安も自分が引き受けなければならないと覚悟することになっていた。むしろ、そこから逃げずに済んだということでは、一人の若者を成長させる貴重な経験となっているようではあった。

柳田は、最後には「新しく来る先生からも、いろいろと教えてもらえると思いますよ」という武田の言葉を信じることにして、今は目の前の事だけをこなしていこうと心に決めるしかなかった。

今回のことでは、理不尽な出来事に巻き込まれた四人の外科医や山岡院長、事務長など、沢良木を知る者達は皆、口にこそ出さないが、「今頃はこちらの混乱ぶりをみて、沢良木は一人で喜んでいるのだろう」と想像することになり、自分たちが不正義な事態に翻弄されていることへの悔しさとともに、改めて事の理不尽さを嚙みしめていた。

しかし、そう思えば思うほど、決して沢良木の前に屈してはならないと、繰り返し心に誓うことにもなっていた。

8. 反撃

山岡が院長を務め、武田が勤務していた病院は、地方の民間病院ではあったが、創立以後すでに50年を数えようとする歴史ある病院で、まさに地域の中核病院といってよかった。中部大学医学部とは、初代の院長が同校医学部卒業生で内科の医局出身ということもあり、常に緊密な関係を保ってきていた。そして、病院の発展と併行して院長の出身医局である内科だけではなく、同じ中部大学医学部の外科や整形外科、産科婦人科、小児科と、徐々に関連を広げ、最近では外科だけでも四人の常勤医を抱えるという、地方の一民間病院としては錚々たる陣容を整えるまでになっていたのである。

もちろん、その拡充の段階では、各科の医局の教授にお願いして、新たに医師の赴任が決まってきたわけではあるが、全てオープンな手順を踏んでのことで、各地域や各病院での新規の医師派遣と変わらぬ手続きがなされての事であった。時には、医局へのなにがしかの寄付がなされることもあったが、全てが一定の基準を満たすオープンなものであり、こうしたことからも沢良木のやり口が余計に異様なものとして浮き彫りになったのである。

外科だけに限ってみても、武田を含む歴代の外科部長の努力によって、多くの学会の指導施設認定も受けており、大学医学部を卒業したばかりの研修医の指導に当たっても、地元では人気のある病院の一つとなっていた。現に、初期研修医の小山が、また後期研修医の柳田が常勤時として赴任していたことでも、その充実ぶりがわかると言えよう。

そして、外科のトップである外科部長は、内科のトップである内科部長とともに副院長も兼務して、名実ともに院長を支える存在となっていたのである。

一般の方にはわかりにくいかもしれないが、いくら器が大きな病院であっても、こうした学会の認定施設でなければ、なかなか常勤医の派遣はしてもらえず、いわゆるアルバイトとしての非常勤医の派遣に留められることが多いのである。例えば、武田と玉岡の二人が常勤医として勤務し、研修医の柳田と小山が週に何日ずつか交代で勤務するという非常勤扱いで人事が運営されることになったであろう、ということである。

それだけに、今回の武田らの病院での外科医総引き上げ事件は、外科的な病気で診療が必要になる患者さんの受け入れを考えた時、地域の医療を崩壊させることになり、ことは当の病院だけでなく、地域全体に大きな波紋を広げることとなった。

武田の所から、外科の患者さん達が他の病院に移るということは、単純に他の病院の患者数が増え収益が上がるので「目出度し、目出度し」ということにはならないのが現実であった。昨今の医師不足が言われて久しい状況下では、患者が増えて忙しくなるということは、少ない医師の一人一人の負担が増えることを意味している。つまり、すでに患者の生き死に関わる重要かつ負担が大きな診療を担っている勤務医に、さらに負担を増やす結果となるわけである。しかも、とくに公立病院では、仕事の量と医師の報酬とは必ずしも連動しておらず、いきおい、「忙しくなるだけで給料は増えない」ということになってくるわけで、そうしたことに嫌気がさした医師達の「勤務医離れ」を誘発することにもなってくるのである。こうした動きを、「立ち去り型サボタージュ」、あるいは「燃え尽き症候群」と呼ぶ先生方もありはするが、それでなくても責任だけが大きく叫ばれ、権利ばかりを主張する患者相手に、それでもなお自らの医師としての矜持だけを支えに医療現場に立ち続けてきた医師達が、ついには刀折れ矢尽きて去っていくことを、一体誰が責められるというのだろうか。

そして、こうした現状に愛想を尽かした医師達の、自分の時間が持ちやすく、比較的責任の軽い、それでいて収入が勤務医より安定した開業医への転向が増えていく事態を招いているのである。

診療時間を過ぎると留守電に切り替えられ、いわゆるかかりつけの患者さんからの連絡を受け付けない開業医が多い事が問題視されている。ただ、これも一事業主として運営を支えなければならない開業医の厳しい現実を示していると言えなくもないのではあるが、行政の眼がそこまでは届いていないのが現実というしかあるまい。

開業医と勤務医のこうした実態は、何らかの意図で封印されているのかもしれないが、案外マスコミも不都合な事実として触れぬままにしているのかもしれず、一般の方々はご存じないことのようではある。

「医者」といえば、「高給取り」、「優雅な生活」という幻影が、どこのだれが何のために作り出しているのかは知らないが、そうした幻影を作り出すことで、医者にある種の無理強いを押し付けているのが今の日本の社会ではないのだろうか。いずれにしても、現代の医療界は実質的に「ブラック企業」と言われても仕方ない状況にあるといえるのである。

２０２０年の年明け早々から日本でも始まった、新型コロナウイルス感染症によるパンデミック騒動を覚えておられる方も多いと思うが、まさに、ここに書いてきたことが現実となり、医療崩壊、医療者の疲弊が目の前で展開されたことは記憶に新しいのではないだろうか。

話が逸れたが、そろそろ患者自身が、そして特に国やマスコミがこうした現実をきちんと認識していかなければ、軽い疾患ばかりを診て、いざ生死を分ける医療が必要な時には紹介で責任逃れをする医者ばかりが増えてきて、まさに日本の医療全体の崩壊を起こしてくるのではないだろうか。

こうした状況は、今この時にも日本の至るところで起こりつつあり、昔なら、患者が増えればそれはそれで喜んだはずの医療機関が、素直にそれを喜べないという奇妙な時代になってきているのが現実である。

ひょっとしたら、沢良木は、こうした医療界の歪が生み出した「負の象徴」なのかもしれない。

武田らの外科診療は、沢良木の電話一本で、簡単かつ確実に崩壊した。情報の伝達の早さは、文明の進歩に比例するのかもしれないが、今回はそれがマイナスに働いたようで、武田らが病院を辞めるという情報はすぐに患者の間に広まり、しばらくすると外科外来は閑古鳥が鳴く有様となった。

どんなに立派な建物を建てようと、やはり病院の評価はその時そこに勤めている医師達の能力の有無によるのである。そして、それはとりもなおさず、そこにいる医師達のやる気と言い換えられ、いかに医師達のモチベーションを上げられるかが求められているのである。

皮肉なことに、そうした外来患者の減少は、武田らの残務整理と、入院している患者さん達への専念という意味では有利に働くことになりはしたが、それはそれで沢良木の思う壺に嵌っているようで、武田や外科のスタッフにとっても忸怩たる思いがあり、耐え難い屈辱となった。

しかし、今の医療界では神の救いを望むべくもなく、陰でほくそ笑む沢良木の姿ばかりが大きくなっていくように思われた。

こうした「総引き上げ事件」をきっかけに、意外なところで事が動き始めていた。

それは、地元の医師会の集まりで出た話題からであった。

各地域にはその地域の医師を束ねる医師会があり、その地域の医師達は、よほどの変わりものでない限りはこの会に属している。開業医には、いざという時に紹介できるしっかりとした病院との連携を保つことも信頼されるかかりつけ医の条件とされており、主だった病院の院長や各科の部長たちとの連携を持つことが求められているのである。このため、元々は開業医主体の集まりではあったが、そうした病院の勤務医達も医師会に入会することが求められているのが現状である。もちろん、病院の勤務医にとっても、開業医から患者さんを紹介してもらうことも大切なことであり、検査や手術の症例が増えることにつながることになる。そうした時代の流れから、最近では医師会の中に「勤務医会」なども作られて、役付きの勤務医だけでなく、一般の若手の勤務医の加入数も増えてきているといわれている。

現実には、開業医が困った時に紹介し、時には尻ぬぐいをしてもらう病院が必要になることもあるが、この地域では、武田らもそうした重要な役割の一翼を担っていたということであった。

それが、沢良木というたった一人の教授による権力の乱用、しかも私腹を肥やすための欲得づくの横暴で、無残にも崩壊することになったのである。さらには、ドミノ倒しよろしく、近隣の病院の外科医たちも、武田たちが診ていた患者さん達の急な流入で混乱を来すことになりつつあった。

次第に、地元の開業医達の間から、何故武田らが病院から引き上げられ、何故その補充がされていないのかといった、最も基本的かつ当たり前の疑問が取り沙汰されるようになったのである。

当初、それは表だって議論されることではなかった。しかし、定期的に行われる地区医師会の役員会議などの席で、初めは噂として、その後は次第に確認された情報として話題に上るようになってきたのである。そして、これまでの信頼すべき紹介先を失った開業医達の身につまされる相談事として、徐々に、ある時からは現実的な話題として語られることになっていったのである。

当然、地元で外科を標榜する開業医達の多くが、中部大学医学部の第1か第2かのどちらかの外科医局の出身者であったのだから、今回の沢良木が行った事のおおよそが、ある時は確実な情報として、ある時はさらに尾ひれが付いた噂話として語られるようになってきていたのである。

医師会の中で問題になるということは、さらに、その地域の基幹病院、とくに中部大学医学部の関連病院において、外科以外の他の科の医局にも、その噂や心配が広がっていくということを意味していた。

さらには、医師不足を原因として、新しく他大学からの医師派遣も始まっており、そうなれば、そうした医師を派遣している他大学にも今回の問題が知られることになるということでもあった。とくに、今回のことでは、これまで営々と維持してきた関連病院を、自ら手放すような原因を生むおかしな教授が出てきたことを世間に晒すことにもなっていたのである。

沢良木がここまでの影響が出ると予想していたかは定かではないが、違う地域から来た新参教授が、自分の欲望のままに好き勝手をした結果、伝統ある中部大学医学部に大きな痛手と汚点を残すことになろうとしていたのである。

今回の沢良木の所業は、出入りするＭＲたちや医師会の講習会の場を通じて、直接医師のやり取りがない他大学の医師達の知るところにもなっていたし、中部大学医学部の中でも外科とはあまり関係しない科の教授たちやその医局員、果ては看護師や他の職員たちまでもが知るところとなっていったのであった。

実は、このことは、沢良木程ではないにせよ、小遣い稼ぎ程度の軽い気持ちで不正を行っていた教授たちや沢良木の錬金術を真似ようとしていた教授たちに、誰にも言えないままに、冷や汗をかかせることになっていた。

そうした教授たちにとっては、触りたくも触られたくもない「事」ではあったが、さすがに中部大学医学部の教授会でも何らかの手を打たなければならないという雰囲気が生まれてくることになってきたのだった。

しかし、である。

沢良木を教授として選んだのは誰あろう、その教授達ではなかったか。

少なくとも、表には出ない金のやりとりをして票を売った教授までいては、なかなかに動けるものではないのが現実であった。実際、教授選でのこうした行為は、公職選挙法などには抵触しないようではあるが、あまりに高邁な精神を要求する気はないにせよ、本来の教授の在り方を考えれば、その有るべき倫理性、品格には大いに抵触するはずのもので、決して表沙汰にできることではなかった。

一方で、ここまで噂の類が広がり、さらにそうした噂を裏付けるような実際の人の動きが見えてくると、大学、とくに外科医局の同門会の医師達やこれから入局を考えている学生達までが、単なる興味から、あるいは実際の診療上の弊害から、こうした話題に対する真偽の確認や対策を求める声が出るようになってきたのだった。

こうなると、教授会も表立って事情を調査せざるを得なくなったのである。もちろん、すでに武田が世話になっている山岡院長からは、中部大学医学部の内科の教授達に対して、いろいろな報告や相談がなされていた。その中には沢良木による外科医の総引き上げによって、他大学の外科医局へ医師派遣の要請をせざるを得なくなった話題も含まれていた。

中部大学医学部では、医学部長が議長となって定期的に教授会が開かれていた。今の医学部長は、第1内科の松本教授が務めていたが、第1内科は山岡院長が同門として属する医局でもあった。松本教授は、山岡院長の後輩という間柄である。

しかし、この問題で緊急に会議を開くわけにもいかなかった。何故ならそれだけ深刻な問題であると内外に認めることにもなるからであるが、そうかといって、「ちょっと集まりませんか」といった程度で済まされる問題でもなかった。

そうこうするうちに、なんとか周囲の不満や不安が爆発するまでに行われることになった定例の教授会で、緊急動議として扱われることとなったのである。

一方で、沢良木はそうした動きを感じてはいたが、自分が金を摑ませた教授も多いことから、そして何よりこうしたことは教授になるまでにいろいろな病院で何度も潜り抜けてきたことであったがために、高を括っている風ではあった。

実際、「なんて事はないよ。君たちは心配しなくていいんだよ」、「僕は、教授として当然の権限を行使しているだけだからね」と、医局の若手達に嘯いていたのであった。

そして、そうした沢良木自身の言動は、さすがにおかしいと感じ始めた医局の医師達によって外で話されることになり、周囲の沢良木への不信感を一層増大させることになっていたのである。

定例の教授会が開かれた。

そこには、あらかじめ公的な出張や手術などでの欠席を認められた者以外の全ての教授が出席していた。

もちろん、まだ教授になって年数が浅い沢良木も、自分が公式に教授であると認識できる場として勇んで出席してきていた。

それは、医局ごとに独立した権力を持つ教授達に大学が課した数少ない義務の一つであった。

予定されていた議題が決議されて、その日の議題が一通り終了した。

残るは、次回の開催日の確認という時になって、改めて議長である松本医学部長が発言した。

「一応用意された議題はご検討頂き、全て決議して頂きました。これらについては速やかに事務局の方で手配致します。よろしいでしょうか」

そう言うと、松本は後ろに座っている医学部事務局の渡瀬事務局長の方を向いた。

渡瀬は、その声に松本の方を向いて軽く頷き、「了解しました」と小さな声で返事をした。

会議の席に居並ぶ教授達は、「これで終了。後は次の開催日を決めるだけ」とばかりに各自が手帳を出し始めたが、議長はいつものような手帳を出す素振りもなく、一同が怪訝そうに議長の方に顔を向けた。

松本はしばらくじっとしていたが、内科の教授達が居並ぶ方を向くと、打ち合わせ通りといった風に口を開いた。

「他に何かご意見のある方はいらっしゃいませんか」

ここからの手順は、議長の松本医学部長と四つある内科学講座のうちの松本以外の三人の教授達と、内科学教室から派生的にできた臨床検査学講座の教授、そして事務局長の渡瀬の併せて六人だけが承知していた。

先にも書いたが、武田が勤務した病院の山岡院長を通して、その母体の医局である第1内科の教授であり医学部長を兼務する松本教授に、例の外科医総引き上げのことですでに相談があってのことであった。

中部大学医学部では、歴史的に内科学講座が強く、現に内科は四講座あるのに対して外科は未だに二講座に留まっていたのである。もっとも、沢良木や、大学一の実力者と言われながら結果として自分の損得勘定のみに終始した小野寺のような教授しかいないようでは、この先も外科学講座を増やすことは望むべくもなかった。

「はい」

第2内科の板東教授が手を挙げ、発言の許可を求めた。

打ち合わせ通り、と目配せをした松本が、おもむろに「はい、板東先生、どうぞ」と声を掛けた。

手帳を出しかけていた教授達が、一斉にその手を止めて板東の方を見た。

板東は、「有り難うございます」と松本に礼を言った後、一呼吸を置いて発言した。

「あまりよろしい話ではないので迷いましたが、問題が大きくならないうちに検討して頂きたいと思い発言させて頂きます」

内科学の四講座の中で松本に次ぐ経歴を持ち、次期医学部長と目されている板東にしては控えめな発言に、かえって皆が注目した。

板東は、そうした場の雰囲気を感じながら間をとり、皆の注意がこちらに集まったと見てから話を切り出した。

「ここにお集まりの先生方は、日頃から医師として患者さんへの医療を提供するだけでなく、それぞれが預かる医局に在籍する多くの先生方を束ね、彼らの指導や勤務地の手配などの責務を負っておられます。さらには大学内だけに留まらず、我が中部大学医学部が開設以来営々として築いて参りました多くの関連病院との関係を円滑に運営していく責任を負っているということはご承知のことと思います」

事前の根回しがなかった教授達も、ここまで聞いて、板東が何を言い出そうとしているのかを気付き始めたのか、いったん出した手帳をポケットに戻し始めていた。

それだけ、沢良木に関する問題が表面化してきており、すでに皆が知るところであったということである。また、こうした「場の空気」を読めないようでは教授の職は務まらないということでもある。

ただ、相変わらず沢良木だけは、他の教授達も自分と同じと考えてか、あるいは高を括ってか、板東の話をまともに聞こうとはしていなかった。

板東は、あえて沢良木の方に向き直ってから話を続けた。

「しかしながら、残念なことに、最近になって私どもの方に、関連病院の院長からいくつかの相談やクレームが参っているところでございます。さらには、地元医師会からもクレームがきております」

ここで、板東は一旦話を区切り、沢良木の反応を見た。そして、

「すでにお聞き及びの先生方もあるかとは存じますが、長年の関連病院との良好な関係を壊すような人事が行われているとのお話でした」と続けた。

さすがにここまできて、沢良木は「えっ」という顔になり、自分の方を見ながら発言している板東に対してきちんと座り直した。そして、ちらちらと松本学部長の方を見て、その顔色を窺った。

彼が緊張した時の癖で、視線が不規則に動いた。

実は、松本も沢良木の教授選考の折りに、小野寺の口車に乗っていくらかを懐に入れた一人ではあった。

そのためか、松本は沢良木と目を合わさないためにじっと目を閉じて腕組みをしたまま、板東の発言を聞いていたのである。

「実のところ、もう皆さんもご存じと思いますので、敢えて申し上げますが、第2外科の沢良木先生の医局でのことだと伺っています」

ここで板東は一息入れて、沢良木の方を見直した。そして、沢良木から視線を他の教授達へと向けると、

「外科の中での問題解決も期待致しましたが、小野寺先生がご退官後、まだ次の第1外科の教授選考が実施されておりませんので、時間が掛かると考え、敢えて私から発言させて

頂きました」

　いくら学問の府の最高意志決定会議とは言え、所詮人の集まりであり、そこは日本人の常で、問題があった場合でも特定の人物の名前を口に出すことは滅多になく、お互いに暗黙の了解で解決する、あるいはそろそろお止めになった方がよろしいですよと、それとなく当人に気づかせるに留める事の方が多いのが通例であった。それが、このたびはずばりと沢良木の名前が出されたのである。

　それだけ、話が噂の域を超えそれなりの証拠が認められているということであり、内科の教授達にとっても関連病院からの突き上げが強かったということの証でもあった。

「沢良木先生からは、後ほどご見解をお聞きするとして、現状で私が聞いているところをお話し致します」

　板東は、沢良木の狼狽を尻目に、沢良木の指示で突然の外科医総引き上げが行われ補充はないと言われた関連病院の院長からのクレームと、その後の対処に関して相談があったことを、山岡院長の所属する第1内科の松本教授の代わりに掻い摘んで話した。さらには、地元の医師会からも相談があったことを、板東は自分の意見として申し添えた。

　そのうえで、今回、ここにこの問題を検討議題としてあげざるを得なかった最大の理由として、その病院から外科に関して中部大学医学部との関連病院の関係打ち切りの話があったことが述べられた。これであれば、教授であれば誰もが今回の議題提出を納得できる決定的な理由ということであった。

この問題は、当初、山岡院長から松本第1内科教授に持ち込まれたのではあったが、松本が医学部長として議長を務めている関係で、第2内科教授の板東が説明したのである。

板東は、さすがに、この事件が起こるきっかけとなった沢良木からの裏金の要求については話さなかった。なぜなら、そうした不透明な金銭のやりとりは、沢良木のように明け透けに自分の個人口座に入れさせることはないにせよ、どこの医局でも大なり小なりあるのが事実であるからだった。そうして集められる資金力もまた、医学的な実績と同様に医局としての大きな力の源となるのであり、最終的には「教授」になることの旨味の一つでもあるのが現実だったからであった。

したがって、そうした裏金のやりとりが直接の原因であることは会議に出ている皆が承知した上で、建前上、関連病院減少の問題として話が取り扱われようとしているのだった。

大学と関連病院の関係の重要性についてはすでに述べたが、今回は、大学側から関連病院を失うような愚行がなされたということで、これまで関係ないという姿勢を示していた教授達も前のめりになって、議事の行方を見守ることになった。

過去にも、これに似た問題があるにはあったが、古参の教授ともなると、厚顔無恥に動揺も見せずに、「いやいや、お叱りをしっかりと肝に銘じて改善致します」といった決まり文句でその場を切り抜けるのが常ではあった。そして、議事録には当の教授の名前は残らないのである。

何故そのように悠々としていられるのか。

それは、公務員である彼らは、余程の刑事事件か不祥事を起こさない限りは、強制的に辞めさせられることはなく、お互いに「自浄作用」と称して教授会内部で処理する限り、免職などの厳しい懲罰の心配は無かったからであった。

時には、相当な不祥事を起こしたとしても、論旨退職処分として自己都合退職が可能となるように取り計らい、退職金を確保するやり方もあるのが実際ではある。それは、お互い様というかにも日本的な考え方であると同時に、自分たちの恥を世間に晒す必要もないということではあった。何より、部下である医局員たちへの示しがつかなくなることだけは避けたいという互いの庇いあいからでもあった。

ただ、今回の沢良木は、余りに問題が表面化してしまってきたこともあり、あえて名前が出されたということであった。

一方で、教授になって日も浅く、しかも予期せぬ名指しでの問題提起に、当の沢良木は狼狽を隠せないでいた。

『何でみんなが知っているんだろう。金の要求のこともみんなは知っているのだろうか。いや、それより、これで俺は辞めさせられるのか？』

等々の、金絡み、自分の保身の事ばかりが頭の中を駆けめぐっていた。

板東の一通りの説明が済むと、松本がゆっくりと目を開け、腕組みを解くと少しの間をおいてから話し始めた。

「板東先生からの当大学を想うが故のご指摘であったと感謝しています。我々もまた、等しく気を引き締めなければならないと思いますが、それはそれとして、今回のお話は、それが事実だとすれば、やり方が少々露骨に過ぎるのではないかと危惧しておりますので、まずはご当人の沢良木先生からご説明を頂きたいと思いますが、いかがでしょうか」

松本の発言に、狼狽していた沢良木は、なんとか誤魔化すチャンスがきたと感じて、いつもの冷静を装う沢良木に戻っていた。

沢良木は早速に立ち上がると、深く頭を下げた後、いつもの、興奮したときに出る、少し甲高い声で話し始めた。

「このたびは、松本医学部長をはじめ、ここにお並びになっておられます諸先輩先生方にご迷惑とご心配をお掛けし、大変申し訳ありません」

沢良木は尤もらしく言った後、再び頭を下げた。

「誰も君のことなんぞは心配してはいませんよ」

松本が苦笑いを隠しながら、後ろの渡瀬事務局長に呟いた。

渡瀬はそれに軽く頷き返し、隣に座る板東も「聞こえましたよ」と小さく頷いた。

ここにいる者達は、皆が公務員であり、長年にわたるそうした公務員生活で、医師であるはずの教授達にもさすがに負の「公務員根性」が染み込んでいるようではあった。

「率直なご指摘を頂き、有り難うございました。そのうえ説明の機会を頂き、重ねてお礼申し上げます」

「やれやれ、講演会じゃあないんだから」と小声で言ったのは、基礎の教授の誰かであった。

「今回ご指摘の病院からの外科医総引き上げということですが、定期の人事異動とは異なる時期での異動であったために、総引き上げに見えるような誤解を与えてしまったようです」

沢良木は、まずもってご指摘ごもっとも、とばかりに板東や松本の発言を受け入れる姿勢を示した。その上で、

「しかし、実際には四人おりましたうちの一人はかねてから希望しておりました開業ということでの退職ですし、一人はそのまま病院に残ることが決まっております」

沢良木は、玉岡がこの機会に決心した開業と、柳田が自らの抗議の意味を込めて医局を辞し病院に残ることにしたことさえも、沢良木が指示したこと、すでに了承済みとでもいった風に言い換えてその場を取り繕った。

沢良木はさらに続けた。

「外科部長はこれまでの経験を生かして、これからの発展が期待される病院へのテコ入れを考えての異動ですし、研修医の一人は初期研修を終える時期になり、大学病院の医師不足を補うために一時呼び戻す形になっております」

誰からも文句のない説明であり、噂に疎い教授の中には、「なんでこれが問題になるのか」と腹の中で『時間の無駄』と毒づくものもあった。

沢良木の話術、いや嘘の巧みさからであろうか。

「ただ、確かに人手不足の折から、すぐには次の人事ができていないのが実情でありまして、先方の院長先生にそうしたことからご不安とご不満をお与えしたことに関しましては、私の不徳の致すところと存じます。さっそく善処させて頂きたいと思います。私の不手際で、先生方に不愉快な思いとご心配をお掛けしたことを改めて陳謝申し上げます」

沢良木は、馬鹿丁寧な調子で、再度、深々と頭を下げた。

沢良木の説明は、「よくある話」のうちに納められ、この問題を極端に矮小化する事に成功していた。事情を知らない教授の中には、外科医を減らされた病院長の不満から出た腹いせ話のように受け取る者が出る始末で、沢良木の付け焼刃の説明ではあったが、功を奏した格好になった。

自分の立場を何とか立て直したと感じた沢良木は、つい先ほどまでの狼狽から立ち直ったのか、『あの院長のクソ野郎、ガキでもあるまいに、告げ口をしやがって』と、腹の中が騒ぎ始めていた。しかし、そんな想いを顔に出す沢良木ではなかった。

ここまでくると、松本も、追加の検討議案を出した板東も、これ以上の追及はできなくなった。

いや、この説明であれば「どこの医局にでもある話」であり、沢良木の教授選の時の裏金のこともあって、どの教授もさらなる追求を望んではいない雰囲気が醸し出され、話を終わらざるを得なくなったのである。

「どなたか、今の沢良木先生のご説明にご質問やご意見はありませんか」

松本が議長として発言した。

沢良木はその発言を受けて、立ったままで居並ぶ教授達を順番に嘗めるように眺めていった。

沢良木の向かいに座る基礎系である法医学の村上教授と沢良木の視線がぶつかった。

と、その村上が手を挙げると、松本の許可を待たずにいつもの大きな声で喋り始めた。

村上は、滅多に発言しないが、いざ発言するときはいつも唐突で決まって大きな声である。

「沢良木先生、先生も教授になって張り切っているのはわかるが、まあ関連病院との関係は壊さんことだ。私は基礎だからあまり大きな事は言えんが、関連病院は大学ができてから今日までの長い歴史の中で勝ち取ってきた財産だからね。まあ、今回のことを良い薬にすることだね」

学内ではさほどの力はないが、法医学の分野では重鎮と言われている村上らしい上から目線の発言に、「いつものこと」と居並ぶ教授連中から失笑が漏れた。

そんなことは意に介さず、「それにだ、法律でも疑わしきは罰せずと謳ってあるんだから、今回のことはこれぐらいでいいでしょう。ただし、疑われるようなことは、はじめからせんことだな。これからはそれが肝心だよ、沢良木君」

最後は、村上がよく法医学解剖の折りに警察官を相手に講義をする時の解説口調となって、その発言は終わった。

そうした村上に苦笑いしながら、

「結論が出たようですが、これでよろしいでしょうか」と、松本が話のまとめを取られた、といった風で話を締めた。

誰もが下を向き、早く終われと暗黙に告げていた。

「板東先生、これでよろしいですか」

松本は、もっともらしく確認を取るように板東に尋ね、「はい、結構です」と板東が応えた。

板東は板東で、これで「義理は果たした」と考え、上手くまとまったと胸をなでおろしていた。実際、何も事を荒立てる必要はないというのも、現役の教授であれば最優先に考えることであり、そのための教授会でもあったのだ。

これで、全ては終わりとされ、野で起こり始めた反撃の火は、その中央でもっともらしい「議論」がなされて消し去られることとなった。

「では、ご苦労様でした」

議長の松本が、事務局の渡瀬と次の定例教授会の日程を確認し発表した後、会の終了を宣言した。

臭いものに蓋がなされた瞬間でもあった。

そして、「闇」は「闇」のまま残されることになった。いや、さらに「闇」の深さを増していくことになった。

9. そして闇の中

教授会が終わったその足で、板東が相談のあった山岡院長へ電話を入れた。山岡院長は松本教授と同じ第1内科学教室の所属であった。しかし、松本教授が医学部長を兼務し、教授会の議長を務めていることもあり、内科の四人の教授と山岡院長が事前に話し合った結果、教授会での議題提出を板東が受け持つことになっていた。このため、報告も板東がすることになったのである。

最近はファックスやメールがあるが、いずれも記録が残る。もちろん電話でも、携帯電話などでは盗聴される心配や録音できる機能が付いていることから、こうした秘匿すべきやりとりには固定電話が使用されるという。余談ではあるが、国会議員達も、秘匿を要する内容の電話では、盗聴の心配がある携帯電話ではなく、あえて昔の電話、しかも公衆電話を捜して通話するという話さえある。

「山岡先生ですか。板東です。今、教授会が終わり、部屋に戻ってきたところです」

板東は、『教授会が終わった後、いの一番に電話をしましたよ』とでもいったニュアンスで話しかけた。

「いつもお世話になります。それに、今回はいろいろと厄介な問題をお願いして恐縮です。で、いかがでしたか」

山岡も、後輩とはいえ相手は現役の教授とあって、丁寧に答えていた。

板東は、山岡の問いかけに、いつになく丁寧な口調で話し始めた。

「教授会では、予定の議題のあとに追加議題として私から提案して話をいたしました。内容は打ち合わせ通りのものです。ですが、」

板東は、そこで一息ついた。

山岡は、その一呼吸の間と、静かな、いや沈んだ板東の口調に、すでに結論を想像できていた。普段の板東は、野太く息をも継がぬ勢いで喋るのが常であったからである。

「話は、直接沢良木先生の名前を出して、ことの次第を問いただす形で行いましたが、体よく逃げられました」

「いや、直接名前を出してまで言って頂けたのであれば、私としても納得です。それなら、うちの武田先生達も承知してくれるでしょう。それにしても、これを機会に彼も少しは変わると良いのですが」

山岡は、『やはりな』と思った。しかし、山岡が知る限り、これまでの教授会では当たり障りのないやりとりや、遠回しの批判しかしていなかったということであり、それに比べれば数段の進歩だと感じていた。また、そのきっかけに自分が関わったことに、少しだけは満足な気持ちもあった。もっとも、病院としては教授会での結果がどうあれ、引き下がるわけにはいかないと腹を決めていてのことであったし、ここで一旦事を収めて、板東教授と松本医学部長の顔を立てておくのも悪くはないと言う計算もどこかにあることも否めなかった。

「そう言って頂けると少し気が楽になりました」

板東は、山岡の反応に少し声のトーンを上げて答えた。

「沢良木先生は返答の中で、先生の所への後任医師の派遣のやりくりが遅れているだけだという言い方をしていました。まあ、そう言ってはいても、ただの言い逃れだろうと思いましたが、その場ではそれ以上の追求もできませんでした」

板東は、言い訳のように付け加えた。

そして、「それに、彼の息の掛かった教授連中が」と、教授選の折りに金で票を売った教授連中が彼の追求を渋ったことを言い訳にしようとしかけて口を噤んだ。

板東は、自分も含めて、大学の教授達の品位を汚すことになり、併せて山岡に余計な勘ぐりをさせることになりはしないかと思ったからではあったが、それもまた自己防衛の機能が働いたからではあった。

「まあ、彼がそういうのなら連絡を待ってみましょう。連絡があれば、先生にもご報告致しますが、なかなか難しいでしょうね」

山岡は板東の顔を立てるつもりで答えたが、同時に腹の中では『これで沢良木とのことは終了』であり、『他の大学への、外科医派遣の要請を急ごう』であった。

「いやぁ、大先輩からそう言って頂けると、肩の荷が下りた気がしますよ」

板東は、いつもの調子に戻り、調子よく、大学で数年先輩だけの山岡をいつも以上に持ち上げた。

「松本医学部長にも、山岡先輩から寛大なご返事を頂いたことはお伝えしておきますよ」と、逆に貸しでも作るように言い添えた。

これに、山岡は、「今回は、本当にいろいろとお手数をお掛けしました。お礼はまた、ということで。では、失礼致します」と言うと受話器を置いた。

山岡にとっては、当初予想した結果ではあったが、沢良木に「余り好き勝手をすると、黙ってはいませんよ」というくらいの釘は刺せたかなと感じながら受話器を置くことになった。

山岡は、板東と話した受話器をすぐに取り直すと、事務長を呼び出した。

「事務長さんですか、院長です。今、板東先生からお電話がありましたが、やはり予想通りでした。詳しいことをお話ししたいし、今後のこともあるので、すぐに来て頂けませんでしょうか」と、院長室へと誘った。

山岡は、部屋に来た事務長に、板東からの教授会の報告を話した上で、「沢良木がなんと弁解しようと、もうこちらからお願いすることはないでしょう」と、改めて沢良木が担当する外科医局との決別を告げた。

この院長の言葉に、この医師不足のご時世で新たに外科医局との関連を築かなければならないという事態の深刻さをわかった上でなお、事務長はあの沢良木にもう会わなくて良いのだという安堵感から頬が緩んだ。

人は、自分からモチベーションを上げることができる仕事であれば、たとえそれが困難なミッションであっても取り組めるものである。山岡院長もその事を、長年の経験からよく理解しているということでもある。

実は、平成16年春から始まった新臨床医研修制度では、研修医の希望を優先して研修先の病院を選択できるようになった。このため、有名な病院や給与が高く設定された病院での研修希望者が増え、旧態依然とした大学の医局への入局希望者は激減してきているのが実情である。このため、人材派遣という意味合いでの大学医局の力が弱くなってきており、大学の関連病院といえども、今までのような大学の医局頼みだけでは人材を確保できない時代に入っていたのである。

そうはいっても、新たに外科医を求めるとなると、医師会雑誌での一般公募や民間業者への医師派遣依頼だけでは間に合うはずもなく、やはりどこかの大学の外科医局に依頼するしかないというのが現実ではあった。

山岡も事務長も、そのあたりのことは経営に関する講習会や長年の経験からよく理解し予想もしてきていた。しかし、一方では「かえって、過去のしがらみに捕らわれずに、気兼ねなく動ける」であり、すでに前向きに考え方を切り換えていこうとしていた。

考え方の切り換えの速さもまた、厳しい乱世を生き抜くコツではなかろうか。

「先日から連絡を取って頂いているいくつかの大学との話を急ぎましょう。必要なら私も出向きますから、いつでも言って下さって結構ですよ」

「はい、承知致しました」

事務長は、力強く答え、各大学との交渉の進捗状況を手短に報告した。

過去に、沢良木に泣かされた経験を持つ事務長は、その沢良木との関係を切るとの山岡院長の決断に感動を覚えていた。そして、その感動は、同時に新しい医局との関係作りという困難な課題への挑戦意欲へと、うまく変換されてきているようだった。

それに、沢良木に泣かされている病院は多く、そうした病院の事務長達との連絡会でも似たような話が出てきており、何があっても互いに助け合うということで意見がまとまっていた。そんな最中に、そうした出来事が現実に自分に降りかかってきたことで、自分がその先頭に立つのだという気負いにも似た気持ちも湧いてきていたのだった。

「塞翁が馬」、「捨てる神あれば、拾う神あり」である。

ところで、深謀遠慮の末に、沢良木に貸しを作り、それを利用して希望した病院へと入り込んでいた小野寺はどうなったか。

教授という権力を行使して上手く入り込んだと思っていた病院では、その世間知らずというか、わがまま勝手な行動から、同じ外科医だけでなく、他の科の医師達や看護師などのスタッフからも敬遠されるようになり、結果的に病院の業績低下を招いて辞職へと追い込まれていた。

もっとも、業績低下は体のいい理由付けであって、要は「総すかん」を食ったということではあった。

さすがに、大学では随一の実力者と言われてはいても、土俵が違えば評価も変わるということである。

この経緯は先に書いたが、教授、しかも公務員ということであれば好き勝手ができ、その中で権力を自由に行使できたかもしれなかった。しかし、経営が厳しい地方の公立病院でありながらここまで成長してきた中部中央病院で、しかも移転に伴う負債も抱えている状況の中で勝手気ままに行動すれば、その組織の中で浮いてしまうのは当たり前のこととなる。いかに大学随一の実力者と言われても、大学を出てしまえば、しかも他の医局の関連病院であればなおさらで、その「名前」ではなく「実力」で、それも、いかに経営に寄与するかが問われることになるのである。

中部中央病院では、病院に対して多くの貢献をした院長に対しては、市長を筆頭とする病院理事会の判断で定年を延長する制度もありはしたが、就任の経緯からして理不尽で、さらにはドタバタ劇で患者を減らしたとあっては、小野寺への慰留を提案する理事はいなかった。さらに、その在籍の短さから名誉院長への推挙もないままの寂しい最後となったのも、当然と言えば当然であった。

小野寺にすれば、忸怩たる思いはあったにせよ、すべては身から出たサビというしかなかった。

病院理事会は、小野寺には知らせないままに臨時の理事会を開き、小野寺に自ら辞職をすることで、これまでの名を汚さぬようにとの配慮を示したことではあったが、その実、辞職勧告に等しい冷徹な決議であったという。そして、小野寺の辞職の日を待っていたように、その翌日には、塚本という内科医を院長に昇進させる人事を発表したのだった。

塚本は、中部中央病院で長く副院長を務めてきた内科医であり、今までの大学人事で派遣されてきていた院長によく我慢して仕えてきていたと評価されていたのであった。

これまで長年に亘って、院長職が中部大学医学部の第2外科に牛耳られていた事で、職員の中には反発するものがいたことも事実であった。ようやく、長く勤務し内情をよく知る生え抜きの塚本が院長に就任したことは、患者が減り意気消沈した病院にとっては嬉しい出来事となり、職員の意気が上がることとなった。

今回の院長人事は病院理事会から大学医局への痛烈なしっぺ返しであり、自分の病院の院長職を、第2外科の沢良木と第1外科の小野寺に弄ばれた形になった事への明らかな抵抗であった。

この新院長の人事については、大学、とくに沢良木への相談は一切無いままに決定され、発表の後に沢良木へ「通達」として告げられる形となった。

今回の事件では、第2外科医局の教授である沢良木の出方によっては、中部中央病院の理事会も山岡と同じように第2外科の医局、ひいては沢良木との決別までも覚悟したということであった。そして、今回の人事が徐々に知れ渡ることで、そのことが次第に周知された形となっていった。

沢良木はというと、「思ったより早く関連病院のポストを取り戻せた」と意気込んでいただけに、当てが外れたことになった。しかし、すでに事は終わったといったことで、「自分が推薦した院長を辞めさせるとは何事か」と、教授の威厳を保とうとしてみせることしかできなかった。

そのうえ、今回のことでは、さすがの沢良木も教授会で詰問された「総引き上げ事件」のこともあり、表向き「代わりは送れないぞ」と虚勢を張るのが精一杯ということであり、ましてや第2外科からの派遣医を引き上げることには手を付けられないままとなった。

事情を知る者から見れば、まさに負け犬の遠吠えと映ることになったのである。

そして、静かに去った後の小野寺の消息は、相変わらず杳として知れないままであった。

私の病院に出入りするそうした情報にめっぽう強いと評判のMRでさえ、「わかりません」であった。

権勢を誇ったことで有名であっただけに、小野寺自身もその落ちぶれた姿を見られたくないという気持ちになっているだろうとは私の想像であったが、私にとって、この小野寺の終焉は驚きであると同時に、一抹の寂しさも感じることになっていた。一方で、まだ世の中には少しだけの正義が残っているような気がしているのである。

ところで、教授会で指摘を受けた沢良木はその日こそ機嫌が悪かったが、それから数日も経つと、「自分でも上手く言い逃れたもんだと、つくづく感心するよ」と自画自賛して、教授会でのやりとりをお気に入りの医局員たちに自慢げに語るようになっていた。

そこには、武田たちを翻弄した「総引き上げ事件」などなかったかのように振舞う沢良木がいた。

その夜、沢良木が同じ話を語っている相手は、教授就任以前に勤めていた大学で医局秘書を務めていた澤井加代子であった。

沢良木は、教授会や手術日など、帰りの時刻が予定できない日には、それを良いことに彼女の部屋に寄って食事を共にするのが習慣になっていた。時には、家族へは医局に泊まると連絡しておいて、その部屋に泊まることもあった。

彼女のマンションも、例によって大学医局に出入りのＭＲに世話をさせたものであった。

当初は「姪」に頼まれてとの話であったが、「姪」でないことは、誰が見ても明白であり、公然の秘密であった。

ただ、そうしたことは出入りのＭＲと医局の一部の沢良木と同類というしかない医師達だけが共有する秘密であった。

そして、そうした沢良木の秘密を知ることは、沢良木の「帝国」に住むことを許される保証のようなものとなり、同時に、他の人間に対し少なからず優越感を持つという奇妙な人間関係が形作られていた。

「それにしても、あなたの口の巧さには改めて感心するわ」

加代子は、アルコールで上気した顔を沢良木の顔に近づけながら言った。

「もっとも、私もその口車に乗せられてここにいるんだけど」

甘えるように言う彼女に、

「おまえに言ったことは、嘘じゃないさ。本気で口説いたんだぜ。それくらいは見分けがつくだろう」と、にやけながら沢良木が答えた。

「またまた、うまくはぐらかすわね。それも嘘なんでしょ」

「さあな。そうは言っても、それでここまで来られたんじゃないか」

沢良木が、ワインを片手に上気した顔で、ちょっと本音を漏らした。

「それにしても、あなたが本当に教授にまでなるとは思わなかったわ」

加代子が、少しまじめに答え、「でも、そのお陰でこんなマンションに住まわせてもらえているんだから感謝しないとね」と、再び甘えた声で媚びると、沢良木に身体を預けた。

そんな加代子の肩を抱きながら、沢良木は片手に持ったワイングラスを傾けてワインを飲み干し、下卑た笑い顔を見せた。

「結局のところ、教授といったって金と権力には弱いってことさ」と嘯くと、沢良木は片手で加代子を抱きながら、器用にワイングラスをテーブルに置くと、そのまま加代子に身体を預けた。


あの教授会から一ヶ月が過ぎた。

山岡の病院への沢良木からの連絡はないままであり、教授会でのやりとりはなかったかのように全てが以前通りに動いていた。

山岡院長は、「沢良木とはきっぱりと縁を切った」といった風で、次の人事へ向けて動いていたし、沢良木は沢良木で、自分に不都合なことは綺麗に忘れてしまったように振舞っていたが、それもまた彼の特技のようではある。

少しだけ変わったことがあるとすれば、沢良木が少し目立たなくなったことであろうか。

沢良木は、あの教授会の折りに名指しで非難された問題をうまく言い逃れたことで、かえって教授会からお墨付きでももらったとでもいった、彼独自の理解の仕方で自信を持つことになっていた。

しかも、大学だけでなく、外の関連病院などの自分に対する動きを学習できたと自分に都合よく考え、これまで以上に巧妙に事を運ぶ工夫をすることになっていた。

一方で、その頃には、山岡院長は新たに他の大学の外科医局から医師派遣をしてもらえることが決まり、一安心していた。

そして、もうあんな悪人とは関わらないでやっていこうと思うだけで、沢良木のような人間を正そうという無駄な労力を使わないようにしたいとも考えていた。

もっとも、公務員である沢良木を辞めさせるには、それなりの証拠が揃った事件性のある事案がなければ無理であり、選考する時には権限がありはするが、辞めさせるとなればその教授会自体には権限がないという矛盾がある以上、今の医療界ではこうした「悪」は野放しのままになるしかないのが現実なのである。

沢良木が定年を迎えるまで、この「悪」が続くのか、何らかの失態を演じて司直の裁きを受けるのか、まさに神のみぞ知るということか。

そんなことを考える時、山岡院長だけでなく、少し離れた立場で見ている自分までが暗澹たる気持ちにさせられているのである。

10. 闇の中の戦い

先の教授会の事は、もともと非公開ではあるが、どこからともなく漏れてくるものであり、今回の緊急検討議題の件については、蚊帳の外に置かれていた教授たちが折に触れて医局員達に話したため、すぐに人々の知るところとなっていった。

そうなると、ワイドショーよろしく、沢良木の行動への注目度が増すのは自明の理で、大学病院でこき使われている第2外科医局の若手医局員や、理不尽な異動を強要された関連病院の中堅医師達からも、徐々に批判の声が上がり始めた。

当然、心あるMRもいるわけで、関連病院の医師を訪問した時などの雑談の中で、そうした「出来事」に尾ひれが付けられて面白おかしく語られることになっていた。

さらには、休日や夜間にも理不尽な呼び出し方をされたMRや、すこしの正義感があったがために酷い扱いを受けたMR達、さらには学会の手配や研究会の立ち上げなどで旅費や講演料を無心されてきたMR達は、ここぞとばかりに反旗を翻し始めていた。

そして、沢良木の悪評は、次第に「公然の秘密」として、事あるごとに人の口の端に上ることとなっていったのである。

先の教授会後、こうした流れの中で、大きく動いたのが第2外科医局の同門会であった。「同門会」とは、同じ医局に所属した医師達の同窓会のようなもので、元々は、大学で教えを乞うた師匠たる教授への敬意と感謝を表するために、年1回の同窓会のような集まりを持ったのがそのルーツと言われている。

もっとも、それは大学開設初期の頃の話で、今となっては、同じ教室に入局（一般で言えば同じ会社への入社）した者たちの結束を固めるための集まりとなり、いろいろな分野で医局を支える存在となっているのである。

当然、歴史があればあるほど、その同門会に属する人材は豊かになり、医局を預かる現役の教授より年長の医師達も揃っていることになる。その中には、元教授や前教授、さらにそうした教授をささえてきた助教授や医局長を務めたものまでがおり、関連病院でそれなりの立場で現役として活躍しているのである。そうしたことから、同門会は医局のバックボーンと言っても過言ではなく、医政や学会活動においても、医局を支える力となっているのである。このため、同門会と医局は、仕事や人事の面で互いに持ちつ持たれつの良好な関係を築くことに努力することになるのである。

現に、今までの中部大学医学部の第2外科学教室同門会がそうであり、教授は元より大学の面々とも良好な関係が構築され、まさにウィンウィンの関係といっても良かった。歴代の教授も、退官後、同門会に属するそれなりのレベルの関連病院の院長なり名誉院長として職を得、教授退官後も同門会の重鎮として存在感を示せることになっていたのである。大学から送られる名誉教授という肩書きも、そうした実質面での保証があってこそのものと言えば、身も蓋もないということになろうか。

あの小野寺の第1外科においても、歴史があるだけに「第1外科同門会」には力があったわけで、歴代の教授は教授で、そうした同門会の重鎮たちの支えや協力を仰ぎながら大学内での活動を行うことになっていたのである。時には同門会を介して、新たに創設された大学医学部との連携も作っていくことができ、学外での活動を支えることにも有効であった。

そうした支えの中では、患者さんのやり取りや金銭的なバックアップが主なことではあるが、時には厄介な患者を地元の関連病院で引き取り、大学の名前を表だって汚さぬようにすることまでが含まれることさえあった。

一方で、そうした同門会との不文律を破ることがあると、静かな制裁が用意されることにもあるわけで、時には禁を破ったものに厳しい対応がなされることもあるということであった。

その典型例が、すでに書いた小野寺であり、たとえ権力を振るった教授と謂えども、同門以外の関連病院の院長に強引に入り込んだ時点で、すでに第1外科の同門会からは冷たく扱われる覚悟が必要になったのは必然であった。

そして、小野寺が目論んだことが仮に上手くいったとしても、元々の同門会との関係は疎遠なものになっていったであろうし、関連病院の同門会に新たに入ることもままならなかったと思われた。ましてや今回のような不都合な結末であれば、過去から営々と引き継がれてきた暗黙の掟が厳に存在し、然るべき時にはたとえ権力を誇った教授であろうとも厳しい対応が待っているということが、改めて内外に示されることになったのである。

さて、今回の一連の出来事では、本来は信頼関係で結ばれているべき教室と同門会の関係が、小野寺と沢良木によって穢され傷つけられることになったといってよかった。

そして、ついに歴史ある第2外科の同門会が動くことになったのである。

沢良木が最も固執することは「金」の問題であり、沢良木が教授就任早々に同門会の会計へ手を付けたことはすでに書いた。

本来、同門会の会計は大学の運営とは独立したもので、当然、同門会の運営に使われるものであり、その上で、時には大学の医局を支援するために使われることもあるというものである。そうした、医局とは独立しているはずの同門会の会計を、なんと沢良木は、これまでの然るべき関係を壊してまで、自分が管理すると取り上げてしまったのである。

当初は、これまでに想像もしたことがないといった、まさに常識外れの新教授の暴挙に、歴史ある第2外科の同門会も為す術もなかったというのが実際ではあった。しかし、その後の沢良木の「病院ツアー」などによる金の無心ぶりが広く知れ渡ってきたことで、同門会としての自主性を取り戻そうという機運が盛り上がることになってきたのだった。

そして、ちょうどそうした折に、先の教授会の沢良木の悪行への無残な対応ぶりが伝わってきたため、沢良木だけでなく教授会そのものにも失望し、同門会自らが動くことを決断するに至ったのであった。

今回の教授会の対応に対する第2外科同門会の会員達の反応は、山岡院長のそれとは少し違っていた。それは内科医と外科医の違いといっても良いのかもしれないし、沢良木との関係を切ることで沢良木の存在を無視できる他科の者と、同じ医局であるがゆえに関係を断ち切ろうとしても影響を受けざるを得ない者の違いといっても良いのかもしれなかった。

今回の教授会での出来事をきっかけに、第2外科の同門会会員から不満の声が公然と上がり始め、ついには重鎮と言われる人たちが声を掛けあい、隠密裏に緊急会合が持たれることになったのである。

その時の当事者となっていた山岡院長は、第2外科の同門会会員ではないこともあって会合への出席は憚られたが、第2外科の同門会会長である宇喜多からの強い要請で、「地元の医療状況を改善するための検討会」という方便で会合に参加し、これまでの経緯を説明することになっていた。

第2外科の同門会とすれば、山岡院長の所に勤務していた武田が同門ということになりはしたが、同門会の重鎮たちの会合に直接呼ぶのはいささか荷が重いと思われたし、詳しい事情を山岡院長から聞かされていないこともあると分かったために、あえて武田への声掛けはされなかった。

宇喜多は、第2外科では沢良木の2代前の教授の時代に助教授（現在では准教授と呼ばれている）を務めた逸材であった。しかし、沢良木の前任であった鈴井教授が就任する前に、学内での無用な対立を避けるために自ら関連病院へ出たという逸話の持ち主であった。

当時、宇喜多には次期教授としての期待も集まっていたが、海外留学を経て実力をつけていた一学年上の鈴井前教授の実力を認めた上で、席を譲った形となったのであった。

もっとも、温厚な性格の宇喜多自身は、助教授までが自分の「分」とわきまえ、同門内で教授を争うということを望まなかったということだった。

お陰で、教授選を前に同門会が真っ二つに割れるのではないかという不穏な噂が流れたものの「流石は、良識ある面々の対応であった」と、かえって医局や同門会の評価を高めることにさえなったのだ。

そして、宇喜多は関連病院へ出た後、数年を待たずして院長となり、地域でその外科医としての実力と経営者としての才能をいかんなく発揮していったのである。まさに、「場を得た」といったことであり、そうした人柄と能力を高く評価され、院長就任時には同門会からの強い要望で、同門会会長に就くことになった。

これで、当時の二大巨頭と呼ばれた鈴井と宇喜多が、それぞれ医局のトップである教授と同門会のトップである会長に就任し、まさに第2外科の安定期を迎えたと評されることになっていたのであった。

その、温厚な宇喜多が動いた。

そして、そこにはオブザーバーとして山岡院長も同席することが要請されたのだった。

最初の緊急会合は、同門会の会長である宇喜多と副会長の林原、さらに今後の同門会を背負っていくだろうと期待されている事務局長の山田が参加していた。緊急であったことと、まずは事実確認と言ったことから最小限での集まりとなった。

会合は、すでに集まる前からその趣旨は理解されていたことから、宇喜多の短い挨拶の後に、山岡院長が当事者として自分の病院で起こったことを手短に説明することから始まった。もっとも、そのほとんどは、皆が知るところと大差はないということが確認されたわけで、それだけ沢良木のことは世間に知れ渡ってきているということでもあった。

ここでは、教授会で話題にされなかった、そもそもの発端となった「指導料」の要求のことも山岡から報告された。そして、そのことも、同門会の関連病院ではすでに既成の事実として皆が知るところとなっていることも確認された。ただ、「指導料」を払うことにした「毒饅頭を喰った」と揶揄される関連病院は案外少ない事が改めて確認され、山岡にしてみれば、さすがに第2外科の外科医たちには、気骨のある侍達が揃っていると感心することになっていた。

さらに、そこでは山岡が所属する内科系の教授達との会合を持ったことや、その後に教授会で沢良木を名指しして詰問することになった経緯も報告された。いずれも、その全てではないにせよ、ここに集まった三名も耳にしていたことであり、結局は何も変わらず、むしろ沢良木のガードを上げさせる結果になっていることも皆で共有されることになった。

「山岡先生から、現在、彼に関係して大学の内外で起こっている問題についての具体的なご報告をいただきました」と、宇喜多が突然の招集を詫びた後、口を開いた。ここでも、宇喜多は、念のために沢良木の名を出さず「彼」と呼ぶことにしていた。

「う～ん、噂は本当だったんですね」

熱血漢の山田が声を出した。

具体的な話を、しかも当事者から聞けたということで、宇喜多は山岡院長に無理を言っても来てもらっておいてよかったと、改めて感謝していた。

思わず声を出した山田も、中部大学医学部の卒業生である。現在は、関連病院で外科部長として腕を振るっており、若い医局員からの人望も厚く、そのため同門会では事務局長に指名されたという経緯があった。

「実は」と、林原が発言を求めた。

同門会での副会長である林原は山岡の同期で、大学からは少し離れた地方都市の大きな民間病院で外科医として活躍しており、その病院では副院長を任されていた。

「実は、うちの病院にも挨拶があって、その愛想の良さには驚いた記憶があります。ただ、当院は少し遠方ということもあって、沢良木には手術を依頼することもなかったので、あれこれと器械を買わされることはありませんでした。しかし、ある時、院長の頭越しに事務長が直接名指しで呼び出され、例の指導料の話があったようです」

林原も、「病院ツアー」も含めて、噂だけではなかったのだと自分の所の経験を報告し、山岡の話をさらに裏付けた。

宇喜多は、『どうやら、沢良木は関連病院全てをターゲットにしていたのか』と思った。もっとも、宇喜多には話がなかったが、それだけ『俺のことは煙たくて避けたのかな』と沢良木の顔を思い浮かべていた。

「後で、院長に呼ばれて唖然としたのですが、院長が内科なのを良いことに、『外科の医局ではどこでもしていることですから』と事務長に言ったうえで、毎月20万ずつの振り込みを要求したというのです」

林原は、院長から聞かされたことを皆の前で報告した。

「それで、先生、払うことにされたのですか」

山田が、そんな馬鹿なことがあってたまるかと、噛みつかんばかりに声を出した。

「はい。『外科の医局でそんな慣例はありませんし、他の大学の外科でも聞いたことがありません。現地に足も運ばないで指導料を出せということはあり得ません』と院長に説明して意見もしたのですが」

林原は、そう答えたものの、歯切れは悪かった。

「ただ、院長が、『教授とけんかしても君や若手も困るだろう。まあ、ここは病院として何とかするから』と、支払いを受けたようでした」

林原は、そう続けると、

「自分が居ながら、申し訳ない」と、誰に言うとはなく頭を下げ黙り込んだ。

実は、林原は、その事実を知った後、機会を見つけては同門の仲間に尋ねてみたということではあったが、多くの関連病院で同様の打診があったと知ったことであった。ただ、実際に指導料の支払いを了解した関連病院は、案外少なかったということがこの場で初めて分かったということではあった。

宇喜多にしてみれば、伝統ある同門会の会計まで取り上げ、その上に同門会を「食いものにしようとしている」といった、馬鹿げた噂話的なものが、実態を伴った「現実のもの」になったと再確認することになった。

このことは、自分たちの外科医として、また同門会にとっての「恥」の部分であり、表沙汰にできない話といったことで、これまで自ら名乗って出ることもできず、同門会会長の宇喜多の耳にも「噂」としてしか入ってこなかったようだと確認された。結局、皆が皆、良識ある人間として、沢良木の要求に応じることが「恥ずべきこと」と感じていたということが理解されたということでもあった。

そして、沢良木も、そうした相手の心理面も十分に承知したうえで、あえて自らが個別に電話をするという方法でアプローチしていたということも了解されたのである。

「おのれ…」

宇喜多は歯ぎしりをし、両手を握りしめた。

その日の会合は、そこまでの事実確認で終わることになった。短い時間ではあったが、それだけ、すでに知れたこととといったことばかりで、時系列に沿って整理されたといったことであった。

最後に宇喜多からの提案で、できるだけ早急かつ内密に、全ての同門の病院に会長名で本件に関するアンケートを行うことが提案され了承された。

1週間後、異例の短期間での締め切りではあったが、ほぼ全病院からの回答が宇喜多の下へ届けられ、それだけ同門会の会員達の関心が高いことが確認されることになった。

そして、アンケートの結果が揃うのを待って、少し人数を増やして2回目の会合が持たれたのである。

「お忙しい中をお集まりいただき申し訳ない」

宇喜多の沈痛な面持ちで会は始まった。

「同門会関係者からの回答が揃いましたのでお集まりいただきましたが、これまでにない速さで、しかも9割以上の施設からご返答をいただくことができました」

「やはり」、と言った顔で、出席者一同が次の言葉を待った。もちろん、彼らの病院からもアンケートの返答を出していた。

「返答がない病院は、どこなんでしょうか」

時間がなかったこととその秘匿性から宇喜多自身が集計をしていたため、事務局長の山田も結果を知らされていなかった。そのこともあって、熱血漢の山田が皆の気持ちを代弁するように声を出した。

「予想通り、彼の息が強くかかっている病院と思われますね。ただ、やむを得ず指導料を払っている病院からも、現状のままではいけないという声が挙がってきており、正直に返答して頂けたということでアンケートをした意味がありました」

宇喜多の返答に山田が頷き、他の出席者も「そりゃあ、そうだろう」と言う顔をした。

「彼の息のかかっている病院と言うと」と副会長の林原が声を出した。

「彼が教授になる時に連れて来た連中を、扱いやすそうな関連病院へ出していますので、そうした病院と言うことでしょうか」

宇喜多が答えた。

「そういえば、私の隣の市立病院の三鷹院長は、彼が教授になった時の准教授でしたね」

林原が、関係者の間で「ミニ沢良木」と呼ばれている男の事を言った。

「ミニ沢良木」と呼ばれている三鷹は、院長として送り込まれると頻繁に勉強会を行い、製薬会社からの資金提供を要求していると言われており、大学で沢良木が行っていることと同じ手法で金集めをしているとの噂が聞こえてきていた。さらには、医療の事には疎い市長を丸め込んで市からの財政負担の増額を画策しているという話も聞こえていた。当然、沢良木への指導料も市から提供させることに成功しているようであるという。

さらには、通常は教授に依頼するほどの難しい手術ではないケースまで、頻回に沢良木を手術へ呼ぶということで、患者からの謝礼も含めて、二人で懐を膨らませることになっていたとの話が絶え間なく聞こえてきていたのである。

そして、不自然に第2外科の多くの若手がその病院へ赴任しており、他の病院とはアンバランスな人事となっていた。もっとも、沢良木傘下の若手では、来られた方が迷惑を被るということで、同門会の中では失笑を買うだけのことであった。

それは、見事なまでに露骨な人事であり、関連病院の間でも話題に上っていたことではあった。

ただ、若手にしてみれば、何がなんだかわからないうちに駒として使われることになっていたというのが実際で、そうした病院では医者の数に見合っただけの実績が上がるはずもなく、若手にとっても外科医としての研修も不十分なままということで気の毒なことではあった。


「では、結果をご報告しましょう」

参加者達の一通りの挨拶程度の話が落ち着いた頃合いをみて、宇喜多が集計表を皆に配布した。その表紙の右上には、○印に「秘」の字が入った赤いハンコが押されていた。

しばらく皆が目を通す時間を待って、宇喜多が口を開いた。

「ご覧のように、返答をいただいた全病院から彼を非難する内容が書かれています」

ここでも、宇喜多は沢良木を「彼」と呼んだが、沢良木への嫌悪感からと同時に、声が漏れることも考慮してのことではあった。

「う～～ん」

皆が唸った。

沢良木による「被害」は、すでに予想以上に拡がっていることが確認され、それだけ事態は深刻ということであった。沢良木の行っていることの悪質さの程度と対象範囲が尋常でないこともあるが、そのことがすでに広く知れ渡っていることが示されたということは、関連病院以外の医者たちもすでに知るところとなっているだろうと予想されることであった。

このことは、同門会としては、すぐにでも対策を立てねばならないということを意味していると、出席者が一様に了解するところとなった。

自らの「恥」をそのままに捨て置くわけにはいかない。皆がそう覚悟を決めることになったのである。

しかし、一方でこれだけ皆が知るところとなった不正に、何故司直の手が入らないのかという矛盾も、ここにいる皆が、あるいは沢良木を知る心ある者たちが抱いていることではあったが、それができないからこその「闇」ということか。

「事がここまで来ると、世間と言うか、同門以外の医者仲間も知っていると思わなければなりませんな」

同門関係者の中でも、仕事上の業績と人脈の広さで一目置かれている高木が口を開いた。高木は、宇喜多と同期で、地元の関連病院に長く勤めている関係から、地元でも一目置かれる外科医、というより良医として名が知られていた。そうしたことから、こうした会合では最後に同期である宇喜多議長のまとめをサポートするような発言だけをすることが常であっただけに、会議の途中で発言したことに、皆が事の重大さ、深刻さを改めて感じることになった。

「それを、同門会の我々が看過しているということは、もはや許されないのではないでしょうか」

高木が、皆の考えを代弁するように続けた。

「このままでは、同門の名誉にもかかわってきますね」

高木の発言に、山田が反応した。

「いや、情けないことだが、すでに地に落ちているんじゃないかな、山田君」

宇喜多が意を決したように、険しい顔つきで、いつになく強い口調で応えた。

「みなさん、このアンケートの結果を待つ間、いろいろ考えてみました。まさに、夜も眠れないといったことで…」

そう言うと、宇喜多は掛けていた眼鏡を外し目頭を押さえた。

その仕草に、同門会会長としての苦悩と疲れが色濃く滲み出ていた。それに、山田の眼には、この1週間で宇喜多の髪が少し白さを増したようにも見えていた。

「…」

皆が、次の発言を待った。

「いろいろ考えた上での提案ですが、」

宇喜多は、もう一度目頭を押さえた後、眼鏡をかけ直して皆を見た。

「我が伝統ある中部大学医学部2外科同門会は、彼と一線を画すべきではないかという考えに至りました」

「おおっ」という、ため息とも雄叫びとも思えぬ声が一同から漏れた。

「会長として、今何ができるかを考えた時、不起訴になったとはいえ、検察庁に起訴した時点で考えるべきであったと後悔しています」

「このことでは、会長としての責任を痛感しています。誠に申し訳ない」

宇喜多は、沢良木が就任後間もなく、辞職した元秘書に依頼して検察に訴えてもらった時のことを持ち出した。もちろん、宇喜多は、当時も同門会の会長であったために、訴えてもらうに際して中心的役割を果たしていた。

宇喜多は、苦しい想いから解放されたいとでもいった勢いで、一気に話した。

「苦渋の決断ではありますが、この時点をもって、我々同門会は、彼が主催する医局とは一旦距離を置いて、交流を断つのが最善の策と考えます」

ふうっと、大きく息を吐いた宇喜多は、一同を改めて見渡した。

そこには、『やはり、それしかないのか』といった苦渋に満ちた顔や、『情けないが、それしかないのだろう。世間で、ちょっとした話題になるんだろうな』という不安とも諦めともいえない顔が並んでいた。

「あの不起訴事件の後しばらくして、彼は弁護士を雇いコンサルト会社を立ち上げたと聞いています。あのことから学んだということでしょうが、そうしたことにだけは、よく頭が回るようです」

宇喜多は、不起訴になったことで、逆に悪知恵を働かせた沢良木に愛想が尽きたと感じはしたものの、ここまでの決断はできないまま今日まで来てしまった己の優柔不断さを責めながら発言を続けた。

宇喜多にすれば、これまでにない第2外科医局の汚点を目の前にし、その拡がりを止められないできた自分への忸怩たる思いが、改めて湧いてくるのを感じていた。と同時に、それを止めるのは今しかないという強い覚悟ができたということでもあった。

そうした複雑な気持ちを吹っ切るように、宇喜多は「ふうっ」と、もう一度息を吐くと、

「今から考えると、もう少し自由にやらせて不正の実態を確実にしてから、検察に告訴しても良かったのではなかったかと後悔しています」

「この点に関しては、私が法律に関して勉強不足だったと反省しています」

宇喜多は、沢良木が就任してしばらくした頃、彼に嫌気をさして退職した医局秘書に、同門会から頼んで検察に訴えてもらった時のことを、もう一度話した。

「彼女には、かえって嫌な思いをさせるだけのこととなって申し訳なかったと思っています」

宇喜多は、不起訴になったのは、彼の問題が他の教授に及ぶ可能性があったためということには、さすがに触れるのを憚った。それは、母校のさらなる「恥」の部分であるからと考えての事である。

もっとも、こうした法律の勉強をする必要は最高学府、しかも崇高な医療を行う人間の集まりでは元より必要なく、沢良木のような稀有な人間の介入で必要になったというおかしなことではあった。もっとも、沢良木のような人間は、逆の意味で法律まで勉強しているのだろうか。

「ところで、それまでの指導料といった名目で関連施設に請求していたお金は、今ではそのコンサルタント会社に振り込ませているらしく、まさにマネーロンダリングとでもいったシステムを作り上げてきています。一体、独立法人の大学教授がそうしたことをすることが許されるのか、こちらとしても弁護士に相談することも検討しなければならないかもしれないと考えています」

宇喜多は、これまで彼なりに調べたことを話した。もう、隠しておく必要もないといったことで、何もかも曝け出すとでもいった感じでの発言であった。

それに、ここで話したことが、たとえ沢良木に伝わることがあるにしても、今後は奴のことで気を使うこともないという覚悟のうえでのことであった。

同席者の誰もが、驚きの表情を示し、宇喜多の発言に聞き入った。

「実は、県警の捜査二課は引き続き彼の動向に注目して追っているようです」

宇喜多は、長年、県警から警察医の嘱託を受けており、警察関係者とも顔見知りとなっていたのである。

本来は、こちらから警察へ依頼することなどないのだが、今回は異例の事ゆえ、何かの折にそれとなく相談していたのであった。ただ、その時には、たとえ酷い教授ではあっても、伝統ある同門の中から犯罪者を出したくないという気持ちもどこかにあったことは否めず、それもまた同門会会長の役目と心得ていた。

宇喜多の発言に、同席者は宇喜多の警察関係への人脈の太さに驚き、併せて、伝統ある同門会の会長が並々ならぬ覚悟で事に当たっているのだと再確認することになった。

と同時に、それだけ沢良木がしていることの不正、敢えて言えば犯罪性が大きいということを、皆が改めて確認することになった。


因みに、警察の刑事部捜査第二課は知能犯担当で、署内では刑事課知能犯捜査係とも言われている。主に企業犯罪や政治資金規正法、公職選挙法の違反、詐欺、通貨偽造、横領、脱税などの捜査を行っている。こうして並べてみると、なにやら沢良木が行っていることが全て当てはまってきそうではある。

「こうした犯罪まがいの教授では、同門会としても、同門の先生方を守るという趣旨からも、決別しなければなりません」

　宇喜多が皆に同意を求めるように発言を終えた。

　胸に納めておこうとして納めきれなくなったとでもいった想いを、やっと吐き出せたといったことで、宇喜多の顔にいつもの自信と落ち着きが戻ってきていた。

　この時点で、その賛否を問うまでもなく、出席者全員が宇喜多会長の覚悟のほどに感服し、異を唱える者はいなかった。

「彼の任期が終わるまでの事ですし、学内と他の大学に対しても、彼と同門会が縁を切ることを通知してはどうでしょうか」

　熱血漢の山田が、我が意を得たとばかりに声を出し、「そうした通知は事務局でやりますが」と続けた。

「まあ、山田君。その気持ちはわかる」

　間髪を入れず、普段は皆の意見を聞いたうえで、最後のまとめをする役の安本が、珍しく口を挟んだ。それだけ、そこにいる参加者達が、宇喜多会長の提案に良い意味で高揚しているように見えた。

「私だって絶縁状とやらを突き付けてやりたい気はするが、それじゃあ彼と同じ反社のようなやり方になってしまうんじゃないかね」

　重鎮の一人である安本らしい、皆を納得させる話しぶりであった。それに、安本自身が自分で自分に言い聞かせているようでもあった。

「それより、任期が終了するまでもつのかねぇ」

今度は、少し安心したように高木が軽口を叩いた。

「まずは、同門会の会計を戻してもらうこと、その上で、同門会の人事や行事関係の主導権もこちらに取り戻して一線を画することになりますので、同門会の会員の先生方には通知しなければなりません。また、大学内の他の科の先生方にも通知しなければならないでしょう」

宇喜多が、皆の意見を引き取って答えた。

「大学関係なら、まず学長に話を通した方がいいでしょう」

内科の教授たちとも親しい副会長の林原が、身を乗り出すようにして話した。今の岡田学長は、学生時代に可愛がってもらったクラブの先輩でもあり、話しやすい立場でもあったことから、林原が自らその役を買って出る格好になった。

「じゃあ、私も同行しましょう」

今は、息子が岡田学長と同じ内科の教室に入局しお世話になっているという安本が手を挙げた。

これで、岡田学長への報告と相談を兼ねた面会には、宇喜多会長に林原副会長、そして安本が同行することになった。

「では、彼本人への通知と事後処理は、岡田学長に面会した後に、私が直接参りましょう」

宇喜多が、林原や安本らの申し出に感謝しながら、安心したように答えた。

「では、彼との面会には、私が同行させてもらいましょう。話のタネに、あいつの面も拝んでおきたいしな」

今度は、高木が、皆が驚くような明るい声で言い、その場の皆が「おおっ」という声を出した。これまでに、こんなに積極的に動く高木を見たことがなかったからでもあった。

高木が、こうした砕けた話し方をするのだという驚きもあったが、何より、宇喜多にとっては心強いことになったと素直に喜べたことであった。

「これで、世間にも胸を張って仕事ができる」

高木が続け、みんなが頷いた。

熱血漢の山田は、是非にも彼との面会に同行したいと思ったが、高木に先を越されたことと、直接会うと自分を押さえられなくなるのではとの恐れから、あえて自重し、事務局としての役割に徹することにした。やはり、山田は事務局長を任されるだけの冷静な判断ができる人間ということか。

「ところで」と、宇喜多が改めて座りなおすと話題を戻すように発言した。

「彼に同門会が一線を画するということを通知するということは、これまでの同門会に属する関連病院と医局との間での人の動きも断つということになります」

皆が、「あっ」といった表情で宇喜多の方に身体を向けた。

「彼のことですから、人事の面で、当院で行ったような総引き上げということをやってくるかもしれませんね」

今度は、オブザーバーとして同席していた山岡が発言し、前回の集まりで話した自分の病院で起こったことを掻い摘んで説明した。

部屋には、それまでの勢いとは違って、「なるほど、そういうことになるんだ」といった沈鬱な雰囲気が流れ始めた。

宇喜多は、『そこまでは想定内でしたよ』といった顔つきで、

「皆さん、心配はいりませんよ」と、努めて明るい口調で山岡の話を引き取った。

「皆さん。彼と一線を画し、彼が教授でいる間は医局と決別するということは、人事も一線を画するという覚悟の上での話でしょう」

「少なくとも、私はそう覚悟しての決断です」

宇喜多は、毅然と発言をしたうえで、皆の顔を見た。

「実は、私が一番悩んだのがその問題でした」

「しかし、…」

宇喜多は、それでもなお、やればならないという決意を示した。

「今赴任している先生方の人事にも、彼には口出しさせることをお断りしましょう。大学の医局にいる人間よりも、関連病院を合わせた同門会の先生方のほうがはるかに多いでしょう。それに、教授経験者や役職を経験した先生方もおられるわけですし、同門会として若い先生方の人事を相談する会を作ってもいいのではないでしょうか」

「この件も、学長からも了解を得るつもりですし、いずれ近隣の大学にも挨拶に行くときには、併せて相談するつもりです」

この宇喜多のよく考えられた上での断固とした覚悟の発言で、その場にいたものが皆、改めて勇気づけられていた。

これで、沢良木との決別の決定が確定した。

「それでこそ会長だ」

皆が思わず口を揃えていた。

「ただ、他の大学への通知は、一旦学長と相談してからということにしませんか。決して褒められた話ではありませんからね」

宇喜多が、話を続け、そのうえで必要なら他大学の外科の医局とも連携していくつもりであることを改めて説明して話を締めくくった。

大学、しかも歴史ある大学の一つの医局の同門会会長である。当然、そうした人たちの集まる全国規模の会議にも常連として参加しており、全国に多くの人脈を持つことにもなっているのである。

こうなると、たとえ教授といえども、何するものぞということであり、このことに関しては、さすがの沢良木も計算を誤ったといってもよかった。いや、何も知らなかったということか。

「皆さん、今日は急なお呼び出しにも拘わらず、お忙しい中でお集りいただき有難うございました」

「有意義な会になりました。今後の予定は追ってご連絡することとして、今日はひとまずこれで終わりといたします」

最後に、宇喜多がその会の話題をまとめるように発言して、緊急の会合は終了した。

すでに、医療界で沢良木の「悪名」が広がっているようだとはいえ、自ら「恥」を披露することでもないと他大学への通知を遅らせることになったことには、参加者がそれなりに苦慮していた様子だったが、今回の宇喜多の提案に全面的に協力していこうと決意したのか、一様に落ち着いた表情で部屋を後にした。

11. 闇の中の闇

一方で、沢良木は沢良木で対策を練っていた。

就任後まもなく、検察へ起訴されるという初めての経験をしたことを教訓に、先に宇喜多が話したように、知人を介して弁護士に相談を持ちかけていたのであった。もっとも、一般社会でこうしたことを「教訓」とよぶのかは議論のあるところではないか。

すでに、このことは同門会会長の宇喜多の知るところではあったが、私の耳にも入ってきたところをみると、案外、そうした所は脇が甘いということのようである。あるいは、沢良木自身は、そうした行為に全く後ろめたさを感じていないということであろうか。

沢良木は、教授就任までにいろいろなことをやってはきたが、いずれも法に触れるとは思ってはいなかったし、それなりに上手く切り抜けてこられたと思っていただけに、検察へ訴えられるという経験は、結構、骨身に染みることになっていた。

「類は友を呼ぶ」と言うが、紹介された弁護士もまた「金」に執着する輩のようで、金の匂いに群がる類の「仲間」ということであった。法曹界にも、沢良木と同様に金に固執する輩もいるようではある、とは山岡院長の後日の感想である。

だからこそ、沢良木のそうした知人を介して紹介されたということであったが、沢良木の相談に、早速、弁護士からコンサルト会社を立ち上げることが提案された。

さすがに、公務員の沢良木が責任者になることは憚られたため、彼の愛人の澤井加代子が社長として会社を立ち上げ、コンサルト会社が沢良木に業務を委託する形を取ることになったのである。

このことは、沢良木にとっても加代子への手当てを役員報酬として提供することができることになり、好都合であった。

この会社設立については、弁護士の提案でなされたことだが、どうやらこうしたクライアントを何人か持っているようだとは、その存在を知った後にいろいろと調べた宇喜多同門会会長の後日談であった。

当然、関連病院からの指導料は会社に入ることになるため、表向きは沢良木の名前が伏せられることになる。しかし、最後には、会社からの正当な報酬として沢良木の懐に入るということで、まさにマネーロンダリングの形を取ることになったのである。大手を振っての金儲けである。

先にも述べた保険審査で問題になっている病院でも、早速コンサルト会社との契約を結ぶことにし、この機会に沢良木が非常勤医として入り込み給料を得るだけでなく、定期的なコンサルタント料の振り込みも請求することになった。これで、話題になっていた「指導料」という言葉も使わずに済むと、沢良木は嘯いていた。

いつ保険登録施設を取り消されても仕方ない悪名高い病院に、天下の大学教授が非常勤とはいえ名を連ねたのである。

その病院では、沢良木が積極的に関与し始めてからは、「終末期医療」という名の下に、後は死を待つだけの患者への濃厚治療が繰り返されることになり、病院は一気に黒字へと転換していった。そして、それ以後は、その病院での保険登録取り消し問題は沙汰止みとなったのであった。

先の『ミニ沢良木』と言われる三鷹が院長を務める市立病院でも、市長を懐柔した上で、早速コンサルタント会社との契約を結んでいた。

　実際には、この地元の市立病院の契約を伝え聞いて、このコンサルト会社の存在を宇喜多が知ることとなったのであった。

　同門会が、沢良木に絶縁を通知した頃には、こうしたコンサルタント会社の運営も落ち着いてきていたためか、同門会からの通知に対しての沢良木の反応は冷ややかなものであったという。

「金の切れ目が縁の切れ目」ではないだろうが、金にならないと判った以上は、沢良木の関心は無くなるということのようである。

『同門会なんて、文句ばかり言うだけで、金にならない』である。


「そうですか。まあ、頭の固い先生方に気を遣わなくて良くなるのは、有難いですがね」

沢良木は、宇喜多から同門会会長としての面会の申し込みがあった時には、これまで自分なりに力をつけてきたと自惚れていたこともあって、恭順の挨拶にでも来るのかと期待していた。しかし、宇喜多会長からの厳しい通告に一時は驚いたものの、ことさらに平然を装って答えていた。

「せいぜい、頑張ってください」

　その物言いには、同じ大学の同門と言うだけでなく、医者として、また同じ外科医としての大先輩である宇喜多への敬意は微塵もなく、どこかの商人が商売敵にでも言うそれであった。

「では、これで失礼します」

宇喜多は、その態度に『もはや話すことは何もない』と、早々に退室することにしたが、終始、礼を尽くした物言いと態度を貫いた。

一方の沢良木は、宇喜多が立ち上がった時点で窓の方を向いて知らん顔を決め込んでいたため、その最後の挨拶を無視する形となった。

同行し、それを見た高木は一言も発することなく、握ったこぶしを震わせながら宇喜多に続いた。同席した高木ではあったが、沢良木は、終始高木を無視する態度をとり続けていたのであった。

「いやぁ、聞きしに勝るワルですね、想像以上でした」

建物を出て、待たせている車に向かうころになってやっと高木が発した言葉であった。

「…」

もはや、宇喜多は応える言葉を持たなかった。いや、正直に言えば、情けなさと怒りで発する言葉を見つけられないでいた。

「成程、会長のご決断は正解でしたな」

高木が別れ際に言った言葉だけが、宇喜多の救いであった。

そして、数年が過ぎていった。

沢良木が主催する大学医局と関連病院の間に壁が築かれたことで、それぞれのエリアの外科医療の世界では、一見平穏な時間が流れているように見えていた。

その頃になると、沢良木は所属する学術会議の中でも、あの笑顔と饒舌さでそれなりの地位を固めていくことに成功していた。そして、同じ学会内の教授たちが持ち回りのように受け持つ学会会長の地位も手に入れることに成功していた。

その地域の医師達だけではなく、学会会員や全国の心ある医師の間では、学会内での実績や経験年数などを飛び越えての学会会長という地位獲得に、しばらくの間は「やはり金でもばらまいたのか」といった噂も出たようだが、気にするような沢良木ではなかった。

さらには、ある学会の理事長にまで成り果せていたが、「なぜ彼が」という驚きと同時に、普段から一部の役員に私物化されていると風評の有る学会だっただけに、またぞろ沢良木が理事長の席を金で買ったのだろうとの噂が流れ、世間はそれで妙に納得することにもなっていた。

まさに「ゴールド沢良木」の面目躍如と言った活躍で、さらには、いつからとはなしに「ペテン師」の称号も与えられるようになっていた。このことは、沢良木に近いある外科医が呟いたのが発端と言われているが、これまた「真相は闇の中」である。

しばらくして、沢良木が理事長になった学会から何人かの中堅理事が退会したという情報が流れたが、日本の学会も質的な保証が必要になってきているようである。

随分前、沢良木の講演を初めて聴いた時に高司が受けた「不快感」や「怪しさ」は現実のものとなり、私のいる地域の医療を混乱させ、そして、それなりの落ち着きを見せるようになっていた。しかし、その落ち着きは以前とは大きくかけ離れた「金」を中心とする医療がまかり通るという落ち着き方というしかなかった。それだけ、時間が流れ、彼の影響力が増してきているということなのかもしれない。

「悪貨が良貨を駆逐する」

成程、そんなことが現実にあるのだと、皆が思うことになっていたのが実際であり、いまやこの地域ではそれが常識として定着することになっていたのである。

沢良木の任期が終わるまでの数年、じっと耐えるしかないと思うと、同じ地域で働く私の胃がふいに痛むのだが、また胃薬でも飲むことにしよう。

ダーク・イン・ザ・ホワイト。

そして、闇は続いてゆく。

12. 暗躍（二）

沢良木が同門会から三行半を突き付けられた時には、しばらくの間は、大学という組織だけでなく、関連病院や近隣の他大学の耳目も集めての騒ぎとなったのだが、ようやく泥水の泥が静かに沈殿するように、「問題」が沈静化しようとしていた。

ただ、底には相変わらず「泥」があるということに変わりはなく、水面に小さな波が立てばその泥が舞い上がり、それなりの問題が繰り返されることになっていた。泥が砂になることはなく、清浄化されることもないままであった。

ところで、中部大学医学部の学生達は、沢良木教授の授業を受けていることから、沢良木にまつわるいろいろな評判を身近に受け止めることになっていた。そのため、沢良木が率いる第2外科は、多くの学生から入局先のリストから外されることになっていた。それだけ、沢良木への悪評は確立されたものになっていたのである。

このため、中部大学医学部を卒業した医師の第2外科への入局はなくなっていたが、他大学、とくに遠方の大学を卒業し、地元に帰ることを希望した研修医の中には、こうした一連の出来事を知ってか知らないでか、第2外科への入局者が少なからずあったのである。

もっとも、そうした入局者があるのは、中部大学医学部第2外科としての過去の実績によるものではあったが、今の沢良木には己の力によるものと錯覚させる材料になっていた。

しかし、今の第2外科には、ある意味誤って入局してきた医局員を養えるだけの財源や研修させる関連病院の赴任先の空きも少なくなっていたのである。資金は本来の「医局」ではなく、沢良木の個人名義の口座に入る方が多いのだから、医局としての財源が減ってきているのも当たり前であったし、同門会から絶縁され多くの関連病院との交流を断たれてしまった以上、若手を赴任させる場所もないということであった。

研修医の中には、入局後にそうした一連の問題に気付き、一定の期間の在籍後、区切りがついた時点で辞めていく研修医も出始めていた。一方で、親が地元で開業しているために帰ってきたといった研修医は、いずれは沢良木も退官の時が来ると、沢良木絡みの問題に関わらないようにしながら居続けることになっていたのである。

一般に、どこの大学でも、正職員としての肩書きが付くポストは数に限りがあるために、若手は「研究室」付けか「病棟勤務」付けということで、上手くいっても日雇い扱いとなるしかないのである。

そうなると、安定した生活を保障するためには、関連病院に常勤医としての籍をおいて生活費や健康保険証を出してもらい、週のうちの何日かをそこで勤務し、残りの曜日に大学での研究や病棟の業務を行うことに充てることになるのである。これも、医局と関連病院との密な連携があればこそできた研修医育成システムといえるものであった。

もちろん、他の関連病院での週末や祭日の泊りや日直のアルバイトも、研修医にとって収入を得るための貴重な機会であり、それを世話するのも医局の仕事であった。

しかし、同門会が縁を切った以上、沢良木の医局の若手には、そうした出先の病院が限られることになっていた。当然、若手を赴任させるために必要なポストが足りなくなるということで、やむを得ず一つの関連病院に、通常なら考えられない数の若手医師達が赴任するという、現状の医師不足の状況からは考えられないことが起こることになっていたのである。

もっとも、経営が厳しい民間病院では、親分の沢良木への「指導料」だけでも負担になっており、医師不足とはいっても余分に研修医を受け入れることはできない相談であった。そうなると、赤字であっても税金から補填してもらえる公立病院への赴任となるしかなかった。実際、先にも述べた「ミニ沢良木」と呼ばれている三鷹が院長を務める市立病院には、一度に5人の若手外科医が赴任し、他の科の常勤医の数と極端なアンバランスを呈することになっていた。

その上、沢良木仕込みの横柄な態度の若手ばかりのためか、他科との連携が上手くいくはずもなかった。とりわけ、外科が連携を取らなければならない麻酔科とのコミュニケーションに問題が起こることになっていた。

第2外科医局のいろいろな裏話を聞かされていた上に、実際に赴任してきた若い医者たちの横柄さに愛想を尽かした麻酔科医が、時間外の協力を、表立っては何やかやと理由をつけて拒否することになったのである。

そのため、その市立病院では他の病院の倍ほどの外科医がいても、時間外の緊急手術ができない事態となっていったのである。

夕方に搬送され、夜間に緊急手術が必要な患者がでた時など、「麻酔の先生が自宅で入浴中ですので、緊急手術に間に合いません」ということで緊急手術ができず、救急指定病院でありながら、他の病院へ患者を転送せざるを得ないという無様なことが起こっていた。

もっとも、しばらくすると、端から夜間の緊急手術はできない病院との評判が定着し、救急隊も忖度したのかその病院への救急患者の受け入れ要請を控えるようになり、そうした問題も目立たなくはなってきたということだ。

現在の日本の医療現場では、手術の全ての麻酔業務を麻酔科医が担えるほどには、麻酔科医の数は足りていないのが実情である。

そのため、手術を行う外科医自らが、麻酔を学び、腰椎麻酔や全身麻酔を行っているのが現実である。もちろん、それで何の支障もなく、日本の外科医療が行われているのであり、麻酔科と標榜する科が外科学の医局から分かれて独立したという歴史を見ても、そのことは頷けることではある。

実は、三鷹がいる市立病院には、これまでに他の病院で麻酔も担当していた外科医もいるにはいたが、麻酔科医の「麻酔の器械に、麻酔科医以外の医者は触れてはならない」という頑なな態度から、実際に必要な手術ができないことになっていたのであった。

麻酔科医の名誉のために書いておくが、中には「自分が忙しくてできない時や、緊急時で間に合わない時には、できる先生で麻酔をかけて下さっても結構です」という、懐の深い先生もおられるのである。ただ、残念ながら、これも、その出身大学の麻酔科医局の考え方、流派あるいは流儀とでもいった背景が色濃く反映することで、最後はその「人」によるという問題のようではある。

その市立病院では、三鷹が沢良木のやり方を見習い、何かと小金を手にいれることに腐心していた。元より、三鷹が所属していた大学の医局では、トップの教授自らが行っているのだから、「誰もがやっていること」ということで、「悪いこと」とは感じてはいないようであった。

彼が赴任するまで、地方の市立病院にありがちな効率の悪い経営から、病棟の一つのフロアが全室使われないままとなっていた。当然、その分だけ入院患者が少ないことになり、収支の赤字は膨らむばかりであった。

三鷹はそのことに目を付け、その階の病室を改装して、業者からリベートを取ることを思いついた。

表向きは、「改装して快適さを宣伝すれば、患者が増えて赤字を減らせる」であった。もっとも、建物で病気を治せるわけではないのだが。

三鷹が勤務する市の市長は、新聞記者上がりの若い市長であった。三鷹院長からの「病棟を改装することで、使い勝手が良くなり、患者が増えることになる」という、何の根拠もない言葉に、「それで赤字が減るのなら」と乗り気になった。市長は市長で、一時的であろうとも、低迷する市立病院の経営改善といった話題提供で、自分の票にも繋がると計算したのである。

しかし、市立病院である以上、市議会の承認が必要であった。

その改装に掛かる予定額は一億五千万と見積もられていた。これは、何の根拠もなく、三鷹院長の息のかかった業者が、三鷹に言われるままに少し水増しして提出した金額であった。

これが実現すれば、10％で千五百万円、5％でも七百五十万円のリベートとなる計算である。もっとも、この金額も、端から膨らませた金額だったようだとは、後にこの話に絡んだ沢良木が腹立ちまぎれに語ったことだった。

この計画は、市議会で「今でも外来数が減って赤字であり、その上、医者ばかり増えて経費が嵩んでいるのに、これ以上お金をつぎ込むのは問題ではないか」との常識的な意見が会派を越えて提出され、結局、一旦棚上げとなった。

三鷹は困った。

まとまった金が入ると期待したものが、捕らぬ狸の皮算用になったのだ。

三鷹はあれこれと策を考える中で、例のコンサルタント会社の事が思い浮かんだ。

実のところ、元々は沢良木には知らせない計画であった。当然、彼に声を掛ければすぐにも乗ってくる話ではあるが、リベートの大半を巻き上げられることは目に見えており、自分の取り分が少なくなることから内緒にしておきたかったのである。

しかし、ことがこうなると、そうは言っておられなかった。

早速、沢良木に連絡し、市長に面会してもらうので、何とかならないかと相談した。

「もっと早く言ってくれれば、スムーズにいったんじゃないのかね」

沢良木は、三鷹からの電話に、『俺を外して話を進めようとしていたんだろう』といった気持ちを込めて皮肉を言った。

「いえ、計画が立ち上がったら、ご相談に伺おうと思っていたのですが」

三鷹は苦しい弁解をしたが、沢良木にはお見通しであった。相手がミニ沢良木と言われる三鷹であれば、思考回路は同じというわけである。

人はこれを「同じ穴の狢」と呼ぶ。

「では、早速、コンサルタント会社で検討させたうえで、市長と会いましょう」

金の匂いを嗅ぎつけたか、沢良木は少し機嫌を直すと明るい声で言った。

コンサルタント会社といっても、沢良木自身と同義ではあったが、形式上そう答えた沢良木は、ここでも自分の都合の良い日時を一方的に告げて市長を来させるように言うと、乱暴に受話器を置いた。

その電話の切り方は、いつもの事ではあったが、三鷹には「俺を外すと怖いぞ」と告げられたような気がして、胆を冷やすことになった。

市長は、大学の教授との面会と言うことで、一方的な日時の指定にも拘わらず、他の予定をキャンセルして面会を受諾した。もっとも、市長にしてみれば、いずれも「公務」であるし、あとは優先順位の違いということでしかなかった。

若い市長にしてみると、大学の教授とは会う機会もないことから緊張していたが、市長でなければ簡単には面会できないのだと勝手に考えて、胸を張っての面会となった。

市長は指定された時刻の少し前に教授室を訪ね、秘書に取次ぎを願ったが、山岡院長のところの事務長が受けたと同じ扱いで教授室へ通されることとなった。

当初、市長は沢良木のことを学問の府の頂点にいる学者然とした人物を想像し、それなりに期待していた。それが、実際に沢良木に会ってみると、医者というより商売人のような振る舞いに、すぐにそれまでの期待というか、憧れが打ち砕かれたとでもいった感想を持つことになった。

しかし、それでも相手は「教授様」である。面会は、終始沢良木のペースで行われ、始めの三鷹院長の説明以外は、沢良木が一方的にしゃべることになっていた。

「今時、ちょっとの金を惜しんで、患者サービスを怠ったとあっては、市長の資質が問われますよ」

沢良木は、徐々に自分の説明に酔ったようになり、一億五千万も「ちょっとの金」と言い放ち、市長の度肝を抜くことに成功していた。もし、三鷹から事前に金額を知らされていなかったら、もっと吹っかけたかもしれなかった。

「流石に教授ともなると、扱う金の桁は大きい」

世間知らずの市長は、いつの間にか「そうですよね」、「はいはい」と頷いて、「市会議員の連中は、ケツの孔の小さい奴らばかりでして」と、自分はよく判っているとばかりに沢良木の前で見栄を張ってみせたが、すでに沢良木の術中に嵌っていることには気付いていなかった。

市長もまた、沢良木の部類の人間か。

その後、沢良木が「市立病院活性化への提言」という表題で文書を提出するということで話は決着し、「あとは市長の手腕ですよ」と釘を刺された上で、この件でもコンサルタン会社と契約を結ぶことになった。

こうなると、沢良木の思うままであり、市長にすれば、その真相は判らずとも、自分の手腕で多くの外科医を送ってもらっているという勘違いから、三鷹からの提案にも疑いもせずに乗ったということになったのである。

元々、新聞記者時代の市長は、その記事の内容の深さよりは取っ付きの良さが売りであった人間であり、実はこれでまた赤字が増えることには、考えが及ばなかった。

その後、大学教授からの提言という、ある意味お墨付きとでもいった雰囲気の文書を提出することで、市議会にも渋々ではあったが「市立病院の改装計画」に賛成させることに成功したのであった。

そのお陰で、一体いくらのリベートが、いや、提言の対価としての相談料がコンサルタント会社に支払われ、そこから二人にどれだけの金が渡されたのかはわからないままであるものの、少なからぬ額の税金が浪費されたことは容易に想像できた。

その後、改装され綺麗になった病棟が満杯になったという話は元より、使われたという話すら聞こえてこなかった。元々、住民のための改装ではなく、改装を口実に金を引き出すための工作だったのだから当然ではあったし、当の三鷹院長も、市から業者に資金が振り込まれた時点で、その病棟自体を話題にすることもなくなっていた。

しばらくすると、市長も市議会議員も、改装が完成した頃には、そうしたことがあったことも忘れようとしていた。一億五千万円とは言っても、自分の懐は傷まず、任期を終えれば、次の市長や市議会議員の責任と割り切っているからであった。

問題は、当の三鷹や沢良木もその話がなかったかのように振舞っていることであったが、それを咎める者は誰も現れず、当人たちも次の金の成る木を探すことに忙しかった。

真に、平和なことではある。

今回のことは、沢良木にとって、少ないとはいえ自分の息のかかった関連病院で、いかにコンサルタント会社を使ってリベートを、いや収益を得るかのモデルとなったようだった。

それ以後は、沢良木が関係する病院で、急に増築や改装が行われたようではあったが、第2外科の関連病院全体からみると少ない数であったがために、あまり目立たないで済んだという皮肉な話ではあった。

少なくとも沢良木にとっては、「何の元手もなく」、「合法的に」金を生む方法が確立されたということであった。

闇はその深みを増しながら、続いていくのだろうか。

13. 闇の果て

沢良木の表面上の動きが落ち着きをみせてからさらに数年が経ち、やっと沢良木が退官する年を迎えることになっていた。

中部大学医学部では、あれ以来、外見上は波風が立たないように見えてはいたが、要は、沢良木自身が大学内で目立たなくする術を学んでのことであった。そして、一部の関連病院との間では、水面下での金のやり取りは相変わらず続けられており、それを弁護士がついたコンサルタント会社が管理するという金を生むシステムが出来上がっていたということであった。

一方、同門会に属する関連病院の中では、沢良木の意に屈した病院と、きっぱりと絶縁を表明した病院が明らかとなり、前者はいつからとはなしに「毒饅頭を食らった」病院と呼ばれるようになっていた。

もちろん、そうした病院でも、沢良木の子分的医師の受け入れを拒否する病院もあって、そうした病院では露骨に派遣医師が減らされ、沢良木の意に沿って指導料を払うことにしたものの蟻地獄に嵌ったということであり、少ない常勤医で厳しい外科診療を強いられていた。ただ、そうした現状に喘ぎながらも、基本的な考え方は同門会と同じということで、沢良木の目につかないように同門会の援助を受けながら、なんとか目の前の診療を維持していた。

もっとも、毒饅頭を食らい、沢良木の息のかかった若手医師を受け入れていた病院では、病院自体と大学の関係は良好に見えていた。しかし、病院に送られてくる外科医はいずれも「ミニ沢良木」といった人間ばかりということで、実質的な外科診療は頭数だけの成績を上げられるはずもなく、同門会との関係もぎくしゃくしたものとなっていた。

沢良木は、退官の時期が近づいたことで、すでに大学を辞めた後の算段を考え始めていた。とはいっても、同門会との関係修復や、関連病院への派遣の是正を検討することなどは、端から頭にはなかった。彼にとって、中部大学もまた、最終的には己の欲得を考える上での道具の一つだったようであった。

沢良木は退官した後の最重要案件として、コンサルタント会社を閉じることを考えていた。大学を辞めれば、いくら前教授といっても、これまでのように「指導料」を要求することは憚られることになるだろうし、次の教授が誰になるかによっては、「指導料」の徴収自体が問題視されることも懸念されたからではある。沢良木にも、その程度の常識は残っていたようではあるが、所詮は身の保全に根差した発想ということではあった。

それと、何より、沢良木はコンサルタント会社を閉じることを機に、代表に据えていた加代子と縁を切ることを目論んでいた。長い付き合いで「飽きがきた」であり、「俺の裏を知りすぎている」であった。さすがに、命までは取ろうとは思わないが、「いざとなれば病死に見せかけることもできるか」などと考えないこともなかった。

実は、沢良木は、少し前から別のマンションに新しい女性を住まわせていた。彼にとっては学術会議の会長就任や学会の理事長の地位を得ることは、彼が好きな金だけでなく新しい女性との出会いの場ということで、己を満足させていたようであった。そして、新しい女性を、あの口先の上手さで取り込んでいたのであった。

この加代子より一回り歳が若い女性は、名を律子といった。若さの特権で、加代子より少し気が強く、年が離れた沢良木にも好き勝手を言ってきたが、沢良木にしてみればその新鮮さと気の強さがそれなりに快感を与えてくれることになっていた。そして、なにより弾むような若い身体に魅了され、溺れることになっていた。

律子を知ってからの沢良木は、どうやって加代子と別れるかということばかりを考えるようになっていた。そんなところに「退官」の時期が近付いてきたということで、沢良木は、この件に関しては「退官は渡りに船」であり、自分では「運が強い」と勝手に思い込んで、律子の身体を思い浮かべては頬を緩めていた。

この期に及んでも、沢良木の頭の中は「金」と「女」であった。沢良木にとって「金」から生まれる「名誉」に関しては、すでに悪知恵と金を駆使して、医者の世界でのそれなりの地位を得たことで、一応の満足は得られていた。しかし、それらも、それに絡めて得られる金は絞り尽くしたということで、いまさら「金にはならない」であり、興味は薄らぎ始めていた。

ところで、沢良木が理事長を務めた学会では、沢良木が理事長を降りる直前になって、何者かが会則に反して会員情報を持ち出したことが明らかになっていた。事務局で調べたところ、情報が流れた先は「某コンサルタント会社」と判明することになった。また、事務局以外にこうした情報を動かせるのは理事長を含めた関係理事しかいないということではあった。この二つを繋ぎ合わせると、自ずから誰が持ち出したかが見えてくることになってはいたが、事が事だけに学会の理事会は「事件」を公にすることに踏み切れずにいたのが実際であった。

医療関係者の名簿は、業界によっては高値で取引されるとの話もあり、ここでも「金」の匂いがすることではあり、そうなると余計に沢良木の名が挙がってくるということで、見るものは、ちゃんと見ていたということではあった。それでも、学会としては、その時の理事長であった沢良木を直接調べることまでは、さすがにできなかったということのであった。

こうした経緯から、沢良木への名誉理事長の称号付与は見送られたとの情報が流れた。もっとも、このことは沢良木が理事長に就任した時の、その実績や理事の経験年数に見合わない異例の抜擢といったことで、早くから問題視する向きもあったことも影響していたという。

沢良木が理事長を降りた後、学会は名簿の情報流出の対策として、会員名簿の会員番号や会員との通信に使うメールアドレス、パスワードを入れ替えることにしたというが、わが国に学術学会は数多あるものの、こうしたことは過去に例がなかった。そのため、学会会員たちも徐々に何らかの問題があったことに気付き始めたようではあったが、真実はまた「闇」の中である。

沢良木が退官を迎える年に入ったある日、第2外科同門会の会長である宇喜多が、第1外科学同門会会長の富山とともに、大学の岡田学長に隠密裏に面会を申し入れていた。

実は、第2外科の同門会が沢良木との絶縁を公表した翌年に、第1外科の小野寺の後任として三田が選出されていた。この時には、沢良木が現役教授として暗躍したようで、沢良木の時と同様に、大きな金が動いた上で沢良木が推した三田が選出されたと言われていたのである。

この際の一部始終は、いつものことで、少し遅れながら、何処からともなく噂話として流布され、次第にそれが真実であるという証拠が示されることになり、私の耳にまでも届いてくることになっていた。そして、やがては、この地域内での公然の秘密となっていったのである。

その時もまた、沢良木が小野寺によって推され教授になり果せたように、宇喜多をはじめとする第2外科の同門はもちろん、本来は関係が深い第1外科の同門会の医師達も蚊帳の外といった流れの中で決着が付けられ、第1外科の同門会からも、沢良木の時と同様に反発が起きていたのである。

当時、第1外科の同門会会長の富山が、宇喜多の所に、「第1外科まで沢良木の思い通りにされては困る」と相談に来ていたものの、宇喜多にすれば、沢良木との縁を切った直後でもあり、大学の教授会に申し入れもできにくい状況ということで、成す術がなかったのが実際であった。

前教授の小野寺も、本来なら同門会の会長と一緒になって大きな発言権がある立場ではあったが、自ら医局の禁を破ることで墓穴を掘った格好となっており、自分が世話になったはずの第1外科の後任教授の選挙の時には行方も知れないといった体たらくで、同門会から小野寺に相談することもできず、結局、沢良木の意のままとなったのであった。

富山は、宇喜多の1学年後輩で、同じ運動部にいたことから、互いに兄弟のような付き合いをしていた仲であった。富山は、同じ外科を目指したのだが、父親が第1外科の同門として、大学から少し離れた地元で病院を経営していたことから、卒業後は第1外科に入局していたのであった。


で、次は沢良木の退官である。

そうなれば、適当な時期に第2外科の次期教授を選考することになるが、今度は現役として残る第1外科の三田が動くことになると予想された。

すでにこの三田には、沢良木の錬金術を真似ようとしているとの噂が立ち始め、もう一人の「第二の沢良木」と揶揄され始めており、このままでは同じようなことが続くものと学内の誰もが懸念していた。さらに、学外でも「よく観てろよ、また同じことが繰り返されるぞ」と鵜の目鷹の目で高みの見物といった雰囲気が漂い始めていたのであった。

そうした雰囲気の中、いや、そうした雰囲気に気付いたからこそ、当時者の第2外科同門会と、同じ外科の第1外科同門会が協力して、本来の清廉潔白な風通しの良い医局に戻すべく、動き出したのである。

もちろん、辞めていく沢良木自身が大人しく辞めていくはずもなく、退官後の自分の権力維持のために、大学や教室の為にではなく、自分にとって為になる人材を連れてくるであろうことは、十分に予想されることであった。

そこで、外科の二人の同門会会長が先手を打つべく、岡田学長に隠密裏に相談に行くことになったのである。


宇喜多と富山は、自分の勤務先から、それぞれ別々のルートで大学まで行き、学長室前を集合場所としていた。出来るだけ集まりが漏れないように配慮してのことである。もちろん、母校の学長室でもあり、同門会長ということで何度か訪れたこともあり、よく知った道筋ということであった。

二人は、約束の夕刻にドアをノックし学長室に入ると、

「岡田先生、ご多忙中ですのに、突然の申し入れを受けて頂いて恐縮です」と、宇喜多が挨拶をし、富山と揃って頭を下げた。

「まあ、硬い挨拶は抜きにしましょう」

岡田は、同年代、しかもそれぞれが関連病院の中でも重要な病院の院長を務め、さらには名門の第1外科と第2外科の同門会会長を拝命している二人を前にして、いつになく緊張した面持ちであった。

「改まってお二人がお揃いで、なんでしょうか」

岡田は、今回の面談の詳しい内容までは聞かされていなかった。

それでも、久しぶりに会った二人を無条件に歓待し、学長室にあるソファーを勧め、お

茶を運んできた秘書が部屋を出るのを待って口を開いた。

「第1外科の同門会まで、医局を見限ると言われるのではないでしょうね」

岡田は、冗談とも本気ともつかない表情で話し出したが、いつもなら、学長ということで鷹揚に構え、先に相手から喋らせるのだが、今回だけは自分から話を切り出していた。長年勤めた学長が緊張する、それだけの巨頭会談ということである。

「いえ、ご心配をお掛けしたようですが、そんな考えはございませんのでご安心ください」

まず、富山が答えた。

「そうですか。先ずはよかった」

岡田はそういうと、本当に良かったと独り言のように言った後、秘書が置いていったお茶に手を付けた。

「あっ、失礼しました。どうぞ、お二人もお茶を召し上がってください」

岡田は、自分がいつになく緊張していたことを悟られたとでもいった風で、二人にお茶を勧めた。

「先生、学生時代からの仲間じゃないですか。今日は肩書きを抜きにして、これからの大学、我々の母校の将来をどうするかということだけに絞って、ご相談をしたいと思ってお邪魔させて頂きました」

宇喜多が、岡田の緊張を解すように話しかけ、岡田もやっと落ち着きを取り戻すことになった。こんな細やかな心使いが、宇喜多をして同門会会長に推されている所以でもあろう。

岡田は、二人からいうと数年の先輩であった。岡田も運動部に属し、学生時代には宇喜多、富山といった猛者連中と一緒に青春を謳歌した思い出があり、宇喜多の言葉にほっと し緊張を緩めて、二人の話を聞く態勢が出来上がった。

岡田は、先輩という立場ではあったが、内科医の常で幾分大人しい質であり、それとは対照的に、外科医の豪快さを身につけた二人の方が、何かにつけて先を行く感があった。これは学生時代からのことで、岡田は「こんなことには慣れているよ」ということであり、また、そんな関係が嫌いではなかった。

そうは言っても、歳を取ってからの付き合いでは、それぞれの肩書に縛られた堅苦しい対応が求められていた。それが、今回は隠密裏の会合でもあり、どうやら学生時代に戻ったように、宇喜多の方が先導する形で話が進められることになった。

岡田自身は、時に学生時代と変わらずに接してくれる二人の事を大切に思っており、ともすれば学長という鎧を着せられて身構えている自分がいることを気付かせてくれるということでもこの二人には感謝していた。

「さて、単刀直入に申し上げますが、」

宇喜多が、身体を少し前に乗り出して話し始めた。

「次の第2外科の教授選ですが、選考方法を検討し直して頂けませんか」

岡田は、「やはりそれか」と思った。

会合の内容は聞かされてはいなかったとはいえ、この時期に二つの外科の同門会会長が揃って面会を申し込んできたのである。そうとなれば、話題はおのずと予想されたということであり、大学の学長ともなれば、それくらいの予想が付かないようでは務まらないということでもあった。

実際、岡田も学長として宇喜多や富山と同様に、このままでは第1外科と第2外科の教授選考での負のスパイラルは止められそうもないと思案していたところであった。そこへ、その件の当事者達が、まさにその懸案で相談に来てくれたというのである。岡田は心から『よかった』と、素直に耳を傾けることになった。もちろん、母校のことを憂いてくれている二人の心情が何より嬉しかった。

富山が宇喜多の話から繋いで、

「この問題ですが……」

「越権行為とお叱りを受けるのを承知で申し上げるのですが、新しい教授が教授会だけで決められることに問題があるのではないかと二人で相談をした次第でして」

岡田は、「えっ」という表情を示しはしたが、少しは予想していたことではあったし、今後のことを考えると今の教授会の有り方のままではだめだということも、自分なりに承知しているつもりであった。ただ、それをズバリと切り出されたことへの驚きとでもいう反応であり、さすがは大学で一、二を争う規模の同門会会長の二人ならではの指摘と感心することになった。

「それで、どうしたら良いと」

岡田は合いの手を入れた。

「ここからは、先輩の宇喜多先生からお願いします」

富山は、自分の関係する医局の教授選ではないことと、これから続く大学全体の教授選にも関わることと考え、当事者であり先輩でもある宇喜多に話を任せた。

富山の発言を受けて宇喜多が話し始めた。

「岡田先生。開かれた選挙が必要ではないかと考えます」

ここで、少しの間を置いて、

「先生もお感じの事と思いますが、最近の外科の教授選は、率直に申し上げれば失態といいますか、情けないことで、学内外に恥を晒したようになっています。このことについては、同門会の会長として、大学にもご迷惑をおかけしたものと申し訳なく思っております」と続けて、改めて頭を下げた。

宇喜多は、教授選考会の議長を務める岡田学長の立場を考えて、まずは自分たちの力不足を詫びた。富山も、第1外科でも同じことが続いたということで、一緒に頭を下げた。

「今の選挙の方法ですと、不適切と思いはしましても、候補者を絞り選挙名簿に載せる時点ですでに何らかの力が働いている可能性があります。そして、そこまでの選考過程が不透明であるという感が否めず、現に同門会の先生方からも不満や批判が出てきています」

「成程」といった顔で岡田が頷いた。

「現在のように、候補者の絞り込みから最終選考まで教授会だけで検討し、多数決で決することになれば、もっとも影響を受ける医局員や同門の関連病院に勤務する先生方はどうしようもないということになります」

「まさに、蚊帳の外ということです」

宇喜多が言ったのへ富山が言い足した。

宇喜多は、岡田の立場を考えて、これまでの教授選が多数決によって決められてきたのであって、教授選考会の議長を務める学長の岡田には責任がないことを敢えて強調した。

岡田も、その辺の言い回しを敏感に感じとり、自分が責められていないことを確認していた。

「そこで、ですが……」

宇喜多は、少し間を置いて富山の方をみた。

富山は、宇喜多に「それでいいです」とばかりに、大きく頷いた。

「岡田先生、次回の教授選からは、立候補者を締め切った時点で、全ての候補者の経歴や業績を学生も含めて広く学内に公開し、われわれの大学の教授として相応しいかどうかの意見を求めてはどうでしょうか。これなら、同門会の先生方にも情報が伝わるでしょうし、その上で、学内の講師以上の先生方にも選挙権を持たせるのがいいのではないかと考えます」

「案外、学生も自分たちの将来に直結することですから、教授選には興味があるようですし、学生と講師たちは年齢も近く、こうした話題で盛り上がることがあるようです」

自分の娘が同じ中部大学医学部を卒業している富山が補足するように言った。実際、沢良木が選ばれた第2外科の教授選の時には富山の娘はまだ学生で、学生同士や授業で接する講師達とその時の教授選の不透明さに憤慨していたというのだ。

富山は続けて、「当時は娘と顔を会わすたびに、父さんたちがしっかりしていないから、と叱られていましたね」と、当時の娘とのエピソードを披露した。

「そうすると、学生の意見も講師たちを通して反映されることになると期待できますね」

今度は、富山から聞かされた娘の逸話に苦笑いしながら、岡田が「なるほど」と頷きながら応えた。

『う〜ん、よく考えてあるな』とは、岡田の腹の内であった。

宇喜多は、そんな二人のやり取りを聞きながら、お茶で喉を潤すと、

「何も、講師一人の票を教授お一人と同じに扱うことはありません。例えば、各医局内で講師の先生方に投票してもらい、1位となった候補者に1票を入れてもらうことにしても良いのですし、講師一人と教授お一人の票を同じ重さにする必要はありません」と、一気にしゃべった。

そして、岡田がきちんと話を聞いてくれていることを確認すると、

「教授選考会で候補者をあらかじめ絞り込んだうえで、予備選として学内投票でさらに2、

3人までに絞り込むことにして、最終選考を教授会が行うことにしても良いかもしれません」と続けた。

岡田は、その説明に納得し、少しほっとした表情を見せた。実の所、これまでの失態を取り戻す為に、かなり過激な選考方法が提案されるのではないかと心配もしていたからではあった。

「こうすることで、これまでのような一部の人間が裏で動いて事が決まるというイメージを払拭できるでしょうし、実際、怪しげな人間は、この時点で淘汰されるのではないでしょうか。何より、事前に候補者の人となりもわかるでしょうから、教授が決まった後になって、医局員や同門会とぶつかることもないのではないかと期待できます」

宇喜多は、敢えて「一部の人間」というところを大きくゆっくりとしゃべった。さらに、最近の選挙では「怪しげな人間」が選ばれてきたことや、その後の同門会とのトラブルについても確認するように話した。

「少なくとも、選挙後に学内に出回るおかしな噂話もなくなるでしょうし、教授選を公開して行うということが他大学にも知れるわけですから、これまでの大学の嫌なイメージを払拭できるのではないでしょうか」

富山が言い添えた。

「実際の投票の仕方や1票の重みは検討の余地はありますが、候補者の資料を公開することで、現職の教授やその他の大学関係者とのおかしな関係を疑われるような人物は、この時点である程度はふるいにかけられると考えたところです」

宇喜多がもう一度、ここが大切とばかりに繰り返した。

少しの間を置いて、岡田が、

「確かに、これまでの選挙では、同じ科の先生方のお考えが優先されたことは事実で、周りからは意見を言えない雰囲気がありましたからね」

岡田は、小野寺や沢良木の実名こそ出さなかったが、学長の立場としても忸怩たる思いでいたことを素直に吐露した。それだけ緊張が解れたということであり、宇喜多と富山のことを信頼し何でも言えるということでもあった。


宇喜多や富山は、岡田が二人の提案に前向きの姿勢を示してくれたことで、ここに提案した選出方法をすでに採用している大学があることを追加して説明した。この方法は、従来のいわゆる縁故関係や利害関係が疑われやすい教授選考に一石を投じた形として受け入れられていることや、そうした大学では無用の疑いを持たれることがなくなり、選挙の透明性が増したと評価されているようだとも追加した。

「よく判りました。お二人のお気持ちを有難く頂戴します」

岡田は素直に頭を下げ、先ずは内科の教授達を中心に相談し、予め出来るだけ多くの賛同者を募ってから臨時の教授会を開催要請することを約束した。もっとも、こうしたことを日本的な「根回し」と呼ばれることではあるのだが。

宇喜多と富山は、思い切って相談に来てよかったと感じた。と同時に、肩の荷が降りたといった穏やかな表情で学長室を出た。

学長室の前室では、律儀に二人の帰りまで残っていた秘書が丁寧に挨拶をして見送ってくれた。ここでも、岡田の日頃から礼節が行き届いていると感心させられたことであった。今回の面会申し込みは、岡田学長の人柄や見識を長い付き合いで分かったうえでの決断ではあったが、『間違ってはいなかった』であり、学長が岡田先輩で良かったと口には出さなかったが、互いに確認し合いながら部屋を後にすることになった。

その時刻はちょうど仕事帰りの夕食時ではあったが、岡田を連れ出して食事をすることは密会がばれることにもなるため、「また今度」と挨拶して別れることにしていた。もっとも、こんな時でなくても、色々な肩書きが邪魔をして、学生時代のように一緒に気楽に食事をすることも儘ならないのが実際ではあった。

学長室を出た二人は、廊下の突き当たりまでくると、宇喜多はエレベーターで、富山は「健康のために」と階段で降りることにしたが、ここでも、敢えて二人が一緒にいたことを少しでも知られないための工夫ではあった。その上で、二人は学内の別々の駐車場に停めた車に戻っていったのである。

もちろん、今回の学長訪問は、勤め先の病院から家に帰る道すがらといったことで、それぞれが自分で運転してと、細心の注意を払っての行動であった。

数週間後、沢良木の退官の日が近づいた頃合いを見計らって、岡田学長が臨時の教授会の招集を松本医学部長に要請した。議題は、「次期第2外科教授選考に関して」であった。これまで、改まってこうした議題で教授会が開かれたことがなかったし、何より事前に内容が示されることもなかっただけに異例の臨時教授会の招集となった。それだけに、「何か問題が起こったのか」とか、「これまでの不正が明らかになったのか」などと疑うものもあった。

さらには、「やはり、これまでの小野寺や沢良木はやり過ぎたってことかな」と、そのおこぼれを手にできなかった教授の中には、いよいよ改革の時が来たのかと予想をするものもあった。

当事者になる沢良木は、「今度も、第1外科の時と同じように、いや今度は自分の後任を選ぶのだから、もっと強力に自分の意見を通せる」と早くから皮算用を始めていた。

一方で、教授会の議長である松本医学部長から、臨時の教授会を行うとの通知を受けた時から、沢良木は「自分に関係する事」ではないかと胸騒ぎがしたものの、これまで通りに言い逃れていくつもりで高を括っていた。

実は、この臨時の教授会までに、岡田は学長という立場で医学部長を兼務する第1内科の松本教授をはじめとする内科の四人の教授達と、常日頃から大学に関係する事案で考え方が近い他の科の教授達とも、秘かに連絡を取り合っていた。そこでは、宇喜多と富山から提案があった「事前に公開したうえで、多くの人に投票をしてもらう」方法での教授選考方法について説明し、その上でこの方法を採用していく方向で協力の依頼をしていたのだった。

臨時の教授会が開かれる日が来た。

臨時の教授会開催を、議長である松本医学部長が宣言した後、今回の招集要請が教授選考会の責任者である岡田学長から出されたことが告げられた。

続いて、早速、議長の松本が岡田学長に発言を求めた。

「皆さん、突然に臨時の教授会を要請しましたが、御多忙中にも拘わらずご参集いただき有難うございました」

岡田は、定例の教授会に出席はするものの、出来るだけ議長の議事進行の妨げにならないように参与的な立場を守ってきており、出来るだけ口出しはしないよう努めていた。

ただ、今回は「大学全体での早急な対応が必要だと判断し、松本教授に無理を言って臨時の教授会の開催を要請させていただきました」と続けた。そして、外科の二人の同門会会長から提案があったことは伏せたまま、自らが教授選考会の責任者として考えた案であるとして、新しい教授選考方法を提案した。

「この公開したうえでの教授選考の方法は、すでにいくつかの大学で実施されているようですが、いわゆる密室での選挙と言う誤解を招かない良い方法だと思われます」

岡田は、宇喜多と富山の提案を受けた後、自分なりに調べ直したうえで、自分の意見として提案できるように勉強していたのだった。そこには、岡田の誠実さと実務家としての姿勢が表れていた。

岡田の発言に続いて、第3内科の佐々木教授が、

「私も、以前から他大学のそうしたやり方を聞いたことがありましたが、岡田学長からご説明を頂き、改めてこの方法が良いのではないかと思い賛成したいと思います」と、初めて聞いたといった風で、岡田学長の意見に賛意を示した。

沢良木は、「これは、俺の意見を無視する計画に違いない」と即座に判断され、自分への当て付け、意趣返しに違いないと頭に血が昇ってくるのを感じていた。教授になってしばらくの頃なら、静かに言うことを聞かなければと思っていたかもしれなかったが、すでに数年を経てそれなりの立場にあると自負していたからであった。

そうした過大な自負心が、「こんなバカなことをさせてなるものか」といった感情を生むことになり、沢良木はそれを押さえ切れなくなってきている自分を感じていた。さらに、今こそ自分の存在感を示す時だと、肩に力が入ることになった。なにより、沢良木にすれば久々に大きな金を手に入れる機会と期待していただけに、この機会を失ってはならないという気持ちが芽生えてきたのである。ここでも、沢良木の優先事項は「金」であった。

そうした一連の心の動きが、思ったことは無理でも通すといった自分の医局と同じつもりで、すぐに行動に移してしまったのである。冷静さを失った沢良木は、そこが教授会で

あるということさえ忘れることになっていた。

「ちょっとよろしいですか」

すぐさま、沢良木は手を挙げて発言の許可を求めた。

その場の教授たちの視線が一斉に沢良木に注がれた。

そうした鋭敏な反応が、かえって『君が不利になる方法』、『君のせいで皆が困ったために考えられた方法』であることを、沢良木自身が直截に露呈した形になった。

「なんでしょうか」

議長を務める松本が待っていたように、しかし、静かに抑えたトーンで沢良木の方を見た。

発言の許可を得たと思った沢良木が立ち上がり、

「なんで、そんな方法を、しかも私の後任を選ぶ選挙から変えなきゃならんのでしょうか」

ここが教授会、しかも自分より多くの年長者がいることも忘れて、沢良木は幾分震えながら乱暴な言葉づかいで言った。

そのうえで、「そんなバカなこと」と叫び出しそうになるのをなんとか押さえながら、事もあろうに提案した岡田学長に嚙みつくように発言することになったのである。興奮のあまり、思わず、沢良木は本音を漏らすことになってしまっていた。

「これまでの方法で、何か不都合でもあるとでも言われるのですか」と沢良木が続けた。

沢良木がここまで一気にしゃべったところで、先に発言していた第3内科教授の佐々木が、「まだ、私の話は終わっていないいんですがね」と、沢良木を挑発するようにわざと声を荒げて発言した。

　どうやら、沢良木が勝手に発言したという形が作られることになった。

　佐々木の声が耳に入った沢良木は、顔を赤く染め、今度は佐々木を睨むように身体の向きを変えると、

「何か、私に言いたいことでもあるんですか」と、大きく、そして上ずった口調でしゃべった。すでに、沢良木は岡田学長が仕掛けたシナリオに見事に乗せられ、墓穴を掘ることになっていたが、まだその事には気づいていないようだった。

　それを見ていた第2病理の教授である田中が、

「沢良木先生、何をそんなに興奮しているのかね。みっともない」と叱るよう言った。

　田中は、臨床系の学問を支える病理学の教授とあって、内科や外科の教授から一目置かれる人物であり、温厚な性格もあって大学全体の同門会や、病理学会でも重鎮として広く尊敬を集める人物であった。もちろん、沢良木より随分と年上の教授である。

　今度は、その声に興奮したのか、

「黙っていて頂けませんか」と、口から唾を飛ばしながら、沢良木が田中に向かって叫ぶように言った。

「おいおい、それはないでしょう」

　今度は、耳鼻科や眼科などの、普段はあまり発言しない教授達が声を出した。

議長の松本は、「これは困った」といった風に顔をしかめながら岡田学長に発言を求めた。

岡田は、沢良木が予想以上に素直に反応したことに、計算通りといった風に落ち着いて頷くと、わざとゆっくりと話し始めた。

「沢良木先生、お座りになってください。確かにあなたの後任を選ぶ選挙からということになりましたが、それは偶然ということです。良い方法があるというので、次の選挙から試してはどうか、というご提案をしたいと思ってお集まりただいただけです」

岡田は、殊更に沢良木が関係していることには触れずに「近いうちに教授選考会があるということで、それを機会に選考方法を検討し直してみてはどうかということです」と、沢良木の発言には答えずに話した。

「それに、私が提案した方法を採用していただくのか、またいつから実施するのかなどは、皆さんとご相談して、この教授会で決めていただければよいことですし」

敢えて、冷静に、岡田は沢良木の方を向いて、その上で視線を合わさずに言った。

そうした一連の流れで、ふと、沢良木は自分だけが興奮しているバツの悪さを感じることになった。

『しまった』であり、『早まった』であった。

沢良木は、ようやく場の空気が読めずに一人だけ浮いてしまったことに気付くと、「失礼しました」と小さな声で言うと、崩れるように椅子に座りこんだ。すでに、傍若無人に振舞うことが身に浸みこんでしまっていた沢良木は、教授会というそれなりの序列がある会議の中で、自分の「分」をわきまえないままに本性を現すことになってしまっていた。

沢良木は、座り込んで一息つくと、自分から化けの皮を剝いで曝け出したような恥ずかしさを感じることになっていた。そして、沢良木は、大学の最高意志決定機関である教授会で、あろうことか自ら冷静さを失った発言をしたことで、以前のような「弁解」をする機会を自ら放棄してしまったことに気付くことになっていた。

全ては「後の祭り」であった。

その隣では、金をばらまけば大丈夫と言われ、沢良木の指示通りに金を使ったお陰で教授にのし上がっていた第1外科の三田が、『今更なんでここまで反応するんだろうか』と、呆れたように沢良木を見ていた。そのうえで、すぐに『自分は関係ありません』といった態度で、沢良木を無視することを選択していた。

三田は、沢良木の振る舞いを見ながら、腹の中では『沢良木がいなくなれば、次は私が好きにする番だ』と嘯いていたのである。そのうえで、そのことばかりが先に来て、岡田が提案した真意をまだ判ろうとはしていなかった。

こうした思考回路しか持ち合わせていない人間が教授になっているが故に生じた負のスパイラルであり、それを断ち切るために宇喜多や富山が動いたということではあった。

それからの会議は、沢良木の狼狽ぶりから、これまでの教授選、特に外科の教授選では「公開」することが憚られることがあったのではないかと、ノンポリを決め込んでいた教授達にも疑いの気持ちを芽生えさせることになり、岡田が臨時の教授会を招集した本当の意図を読み取ることになった。

岡田の作戦が見事に当たったということであり、沢良木が自ら墓穴を掘ったことを、その教授会の参加者全員に確認させることになったのである。

『このまま一気に決着をつけましょう』と岡田に目配せをした松本が、「なにかご質問はありませんか」と発言した後、

「ご質問がなければ、細かな方法論は、次期第2外科教授選考委員会を立ち上げたうえで一任するとして、先ほど岡田学長先生からご提示がありましたような公開を原則とし、投票者の対象を学内の講師以上に広げるということで、よろしいでしょうか」

「ちょっとよろしいですか」

第3内科の佐々木が、改めて発言を求めた。

「どうぞ」と、松本が許可した。

「先ほど岡田学長先生からご説明があった票の数え方についての確認ですが、あくまで教授会の投票が一人1票として数え、学内の講師以上では、医局ごとにまとめて1票と数えるとして、その重さに差をつけるということでしたが、教授会の決定が最終的に尊重されるということでよろしかったでしょうか」

あくまで教授達の票が優先されるとの安心感を持たせようと、改めて佐々木が確認したが、聞く者が聞けば、少なくとも岡田と佐々木は、すでに話し合いができていると分かる

ことになった。

その上で、それを敢えて佐々木が言ったということは、これまでの教授会の慣例として教授会のそれなりのメンバーが了解しているということを示していた。そうなると、事前の根回しに入れてもらえなかった教授達も「流れ」に乗り遅れてはなるまいといった雰囲気となり、一気に教授会の意見が統一されることになった。

それに、佐々木が確認した「教授会の決定が最終的に尊重される」というくだりは、そこにいる教授たちの気持ちを満足させるに十分なフレーズであった。

やはり、そこは教授としてのプライドがあったということであり、そのことが、良きにつけ悪しきにつけ、判断を誤らせる要因であることには、その場の教授たちは気付いてはいないようであった。

結局、議長の松本の発議で、挙手による採決がなされたが、呆然とする沢良木以外の皆が挙手をして賛成の意を示した。

実際、沢良木は椅子に深く沈みこむといった風で、松本の声も届いていないように見えていた。

三田もまた、採決がなされようとする頃になって、やっと岡田学長が緊急にこの会を招集しようとした真意に気付くことになり、賛成の手を挙げることになり、辞めていく沢良木を見捨てる形になった。

三田にすれば、たとえ自分の利は減るとしても、辞めていく人間と同じ泥船に乗ることはないと判断したのであり、すでに三田の頭にはこれからの己の損得勘定しかなかった。

結局、沢良木は、後任の教授選では全くその力を発揮することができなかった。と言うより、見事に封じ込められた。

もっとも、沢良木は任期中に寝首を掻かれたくないという想いから、本来であれば一角の教授であれば行うべき後進の指導に力を入れないで来ていた。むしろ、自分を脅かしそうな優秀な者は容赦なく関連病院へ送り出していたということで、結果的に第2外科医局を背負って立つだけの後進を育てることはしてこなかったのである。

そうなれば、自分が推薦する候補者は、外から呼ぶことになるが、今更関連病院に追い出した者の中から呼び戻すわけにもいかず、先のミニ沢良木と言われていた三鷹も教授の器ではないことは互いによくわかってもいたということであった。

結局、岡田学長に率いられた教授会に先手を打たれた形になった。もっとも、仮に沢良木が後任として呼び戻そうとしても、優秀であればあるほど、沢良木の言うことに従う者はすでにいなかったということで、どの道、沢良木が退任後に医局に影響力を残す術はなかったということであった。

こうした沢良木の姿を見るにつけ、これまでの彼の所業を見聞きしてきた人たちは、「自業自得」と見切りをつけることになっていた。

それに、第2外科教授の選考は沢良木が退官後に公募されて始まるわけで、完全に沢良木の手の及ばぬところとなったのである。

この選挙方式が正式に教授会から発表されると、少なくとも今考えられる中で最も透明性の高い選挙となると期待され、それまでの負のスパイラルを心配した雰囲気も一掃されることとなり、学内外に明るい雰囲気が取り戻されたのである。

「公開」選挙ということが明示されたことで、全国に広がっていた中部大学医学部の悪評も薄らぎ、沢良木なる人物がいなくなるうえに健全な大学運営が期待できると専らの評判となり、予想以上の候補者が名乗り出ることになった。

それだけ沢良木の「悪事」は、皆が知ることとなっていたということか。

こうなると、次の第2外科教授選考に関しては、現役の外科教授である三田も、学内の教授達や学内外の全ての人達からも、同じ外科ということで殊更に注視されるということで、あれこれと画策することは封じ込められる形になった。

そうなると、恩義があるはずの沢良木との交流も、あからさまに距離を置くようになり、一旦そうなると傍目にも、辞めていく沢良木には洟も引っ掛けないという態度に終始することになっていった。

一方で、沢良木はこの教授会の失態で化けの皮が剝がれたということになり、もはや策を弄することも諦めることになった。ただ、沢良木にしてみれば、それが退官を間近に控えた時で良かったと、むしろ胸をなでおろすことになっており、心底腐った人間とはこういう人間だと示すことになっていた。

そのうえで、最後に仕上げにと、沢良木は小野寺の轍を踏まぬように自分の医局の関連病院への天下りを目論んだ。しかし、さすがに同門会と縁を切っている以上、わずかに子飼いの医者を送り込んだ関連病院しか残っていないことになった。

ところで、この時期に合わせるように、第1外科と第2外科の同門会の両会長が「確たる実績やそれなりに技術のある人間でない限り、たとえ前教授であろうと、安易に関連病院に迎え入れることは控えるように」としたあからさまな共同声明を出したことで、沢良木の息のかかっていた関連病院も、これを機にと沢良木との縁を切る方向に舵を取ることになっていた。もっとも、そうした通達がなくとも、今更、火中の栗を拾うバカはいないということではある。

沢良木は、これまで「教授」ということで使える権力を自分の能力と勘違いしていた。また彼の言いなりに動いてきた子分ともいうべき医者たちも「類は友を呼ぶ」といった類の医者ばかりで、沢良木にとっては気遣いなく好き勝手に振舞うことができていた。しかし、沢良木の終わりが見えた途端に、それぞれが沢良木と同類であるが故に、己の保身が第一とばかりに同門会の意をくんだ態度に豹変し、沢良木からの連絡も居留守などを使って断るという始末であった。

そして、沢良木の収まるべきポストが示されることはなかった。

ところで、沢良木が教授退任を機に、コンサルト会社を閉じようとする話を弁護士から聞かされた加代子は、沢良木自身から退任の話も会社の話もないことへの不信感と、近頃はマンションにも寄り付かなくなったことから、漠然とした不安を感じ始めていた。

そして、久しぶりに来た沢良木の身につけた香水が変わっていたことや、ネクタイの趣味が変わっていたことなどから、その不信感や不安は決定的なものになり、やがて別に女ができたのだと確信することになった。「女の勘」であり、こうなると、女は怖いということになる。

加代子は、週のうち数日をコンサルタント会社で勤めていたが、それも午前中で終わる仕事ばかりで、空いた時間の方が多いくらいであった。そのほとんどをエステかジムに通うことで使っていたが、その気になれば加代子が沢良木の行動を確かめる時間は十分にあるということであり、しかも、女の嫉妬が絡んでのことである。

遠からず、加代子は律子の存在を知ることになった。

「さて、どうするか」

加代子には、口止め料の意味合いも含めて、コンサルタント会社の代表者としてそれなりの報酬は与えられていた。もっとも、顧問を名乗る沢良木の方が高額な報酬を得たうえでのことであり、それだけの「指導料」や「裏金」を集めていたということでもあった。

コンサルタント会社の社長という名義で、それなりの貯えもできていた加代子にすれば、初めはその「強さ」に惹かれた沢良木ではあったが、余りに金の話ばかりになり、途中からは金で雇われ、金で抱かれるくらいに割り切ることになっていたのが実際であった。

それに、沢良木の教授退官が近づくにつれて聞こえてくる話は芳しいものではなく、しかも、沢良木は退官を機会にコンサルタント会社を閉めるという。いくらかの退職金は出るとはいえ、そろそろ潮時かなとも思い始めていたところであった。

「義理は十分に果たした」である。

そうなると、律子の存在を知った時にも、初めは嫉妬する気にもなりはしたが、後腐れなくこちらから縁切りの話ができると割り切ることができたのだった。

金の切れ目が縁の切れ目である。

そうはいっても、一方では、最後には沢良木に「捨てられる」ことになるのだという虚しさと、自分の青春時代を食い物にされたことへの恨みの気持ちが芽生え始めてきていたのも確かだった。


加代子は、無駄に沢良木や弁護士のそばで社長役を演じていたわけではなかった。それなりの「勉強」をする時間と金が十二分にあったということである。

有り余る時間を使って、加代子は沢良木には内緒で経営に関するいくつかの資格を取得していた。お陰で、コンサルタント会社からの報酬を別の銀行へと移し運用することで資産を増やすこともできていたし、会社の余剰金をプールするとの名目で、上手く自分の貯蓄を膨らませることにも成功していたのである。

そうした時の帳簿では、これもまた勉強のお陰で上手く誤魔化す術を身につけることになり、コンサルタント会社に司直の手が入っても、自分は雇われた名目上の代表に過ぎず、実際のオーナーが沢良木であるように、全ての書類を整え直すこともできていたのである。弁護士もいるには居たが、当初のドタバタ劇が落ち着き沢良木のペースで事が運びだしてからは、弁護士への顧問料がもったいなくなったのか、沢良木が年に数回のチェックの時だけに弁護士を入れることにしていたため、結局、加代子の思い通りに事が運んだという次第であった。

沢良木の退官の日まであと一か月となったある日、珍しく加代子の方から沢良木を夕食に誘った。

沢良木にしてみれば、退官を控えての労いの夕食会とでも思ったのか、珍しく約束の時刻に遅れずに指定したレストランへやってきた。そこでも、前とは違った香水を付けており、加代子の気持ちを逆なでしたが、すでにそれを咎める加代子でもなく、また、加代子がどう思うかと気にする沢良木でもなかった。沢良木にすれば、それだけ加代子に気を許していたということであり、あるいは、すでにそうした女性としてみていなかったということかもしれなかった。

すでに、腹を括った加代子は、にこやかにこれまでの沢良木の教授職を労い、差し障りのない話に終始したうえで、自分へのこれまでの好意に感謝の言葉を述べた。

沢良木は沢良木で、そんな加代子を前に、これまで可愛がってきた甲斐があったとでもいったふうで、律子のことなど忘れたように甘い言葉を投げかけ続けていた。

そして、最後のデザートが出てきたところで加代子が、

「実家の母が身体を悪くしたので、帰ることにしたわ。あなたもお忙しそうだったので相談できなくてごめんなさいね」と、切り出した。

沢良木は、わざと大袈裟に「えっ」という表情を見せ、

「寂しくなるじゃないか、退官後は一緒に旅行でもしたいと思っていたのに」と、思いつきで心にもない事を言った。もちろん、『こちらから別れ話をしないで済んだ』と腹の中では舌を出していた。

ここでも、『お陰で手切れ金を出さずに済みそうだ』であり、『これで、律子に完全に乗り換えられる』であった。

「本当にごめんなさいね」

加代子は、さも残念そうに言いはしたが、すでに互いの腹の探り合いは済んだという雰囲気となり、白けた空気が流れた。

それだけ、互いを知り尽くすだけの時間を二人は共にしていたということであろうか。

その夜、デザートが終わると、気になる患者がいるからと、これまで一度も使ったことがないセリフを口にすると、沢良木はさっさと支払いを済ませて店をあとにした。

そんな沢良木のわかりやすい振る舞いに、一人残された加代子はむしろさっぱりとした表情で、『これで終わりね』と心を決めることになった。


沢良木は、その後は、加代子のマンションには来ることもなくなり、予定通りにコンサルタント会社を閉めることになった。

全ての手続きは弁護士に任せた形で行われ、加代子にはわずかの形だけの退職金が支払われただけであった。そうした一連の手続きの流れの中で、加代子は二重帳簿とした原本を手元に置いており、弁護士には表向きの書類で処理をさせることに成功していた。

加代子は、コンサルタント会社の手続きが完了したのを確認すると、自分の身の周りの片づけを始めた。

数日後、マンションの荷物のうち、自分が必要な物だけを実家に送ると、マンションの管理人に「あとは適当に処分してください」と告げ、静かに部屋を後にしたのである。

沢良木の見送りはなかったが、ウイークデーの日中ともなれば、沢良木は仕事中で無理とわかっていたし、今更、見送ってほしいという気持ちもないのが本音ではあった。

部屋を出た加代子の右手にはキャリーバッグが引かれており、その左手には厚手の封筒が抱えられていた。封筒の表には地元の税務署の住所が書いてあった。もちろん、差出人の名前はない。

封筒の中には、これまで加代子が沢良木に尽くした証とでもいえる金の出し入れの記録が入っていた。少し違うのは、弁護士が会社の処理に使用したものとは別の二重帳簿の原本であり、そこには加代子の名はなく、全て沢良木健太の名前だけが記載されているというものであった。

「これで、沢良木ともおさらばだわ」

加代子は、マンションから少し離れたところにあるポストに封筒を投じると、

「じゃあ、さようならね」とポストに話しかけ、キャリーバッグを引きながらタクシーを拾うために広い通りへと歩き出した。

14. 悪あがき

ところで、あの臨時の教授会以降、化けの皮が剝がれた沢良木は、教授退官後の自分のことばかりを考えることになっていた。

すでに加代子とのことも一段落であったことも、沢良木にとっては好都合ということで

あった。

あの教授会以降、大学の雰囲気は第2外科の次期教授選のことで占められる子地になっていた。沢良木に関しては、まだ任期があるとはいえ、すでに彼の名前が出ることもなくなり、沢良木はすでにいなくなったかのような扱いをされ始めていたからであった。

それまでは、沢良木は一般の教授と同じように、退官後は関連病院への天下りを行ったうえで、大学からは名誉教授の称号を手に入れ、悠々と生きていくつもりだった。

しかし、自分では「普通」と考えていたことが、世間では「異常」であり、全ては金で得られると考えていたことも間違いであったかもしれないと、あの臨時の教授会で知らされる結果となっていたのである。

ただ、だからといって今更ということであり、沢良木の考えが変わるはずもなかった。そして、ここでも「ならば、残りの時間で金を稼いで辞めてやる」であった。

大学には、研究を行うにあたって、医療を統括する厚生労働省や、大学教育という観点から文部科学省から研究金や奨励金を提供されている。もちろん、研究の内容やこれまでの研究成果などが審査され、審査を通ってのことではある。

沢良木の第2外科でも、いくつかの研究課題をそうした研究費の対象として申請し、研究費を国からもらうことができていた。

実際には、沢良木が教授として指導するというよりは、心ある若手がコツコツと研究をして申請するといったことであった。時には一千万単位の研究費が支給されるのであり、そうした研究費を集めることも、それだけ国が認める研究をしているという意味において医局の「力」として評価されるのである。しかし、沢良木にとっては研究内容より手に入る金が「力」であった。

当然、こうしたお金は第2外科医局への研究費であり、一旦医局に入ったお金を、それぞれの研究を行っている医師が医局に申請して使用することになるのである。

しかし、である。

沢良木にとっては、「医局イコール自分」であり、この研究費に目を付けることになった。そして、あろうことか、退官の話が出始めたことから、振り込まれた研究費をそのまま自分の個人口座に振り替えることにしたのである。

名目上は、医局での研究のバランスを考えて責任者である沢良木が配分するというものであったが、研究担当医が申請しても一向に資金は提供されず、医局員の間でも、これまでの経験から沢良木の魂胆が透けてみえることになってきていた。中には、関係省庁への研究費の申請書を書き上げたうえで、沢良木が退官するのを待って申請するという者も出始めていた。

当然、第2外科医局としての研究は滞ることになったが、沢良木の頭の中にそんなことを気にするスペースはなかった。沢良木の関心事は、すでに「もうすぐ辞める」ということだけしかなかったのである。

実は、この最後の荒稼ぎには伏線があった。

沢良木が中部大学医学部に教授として赴任した時に腰巾着の一人として付いてきた三鷹という医者がいた。

彼は、沢良木の赴任後、一時期准教授に就任して箔をつけてもらった後、地元の市立病院へ院長として赴任していたのである。このことはすでに「ミニ沢良木」として書いたが、三鷹は沢良木に倣って、医療経営が低迷していた市立病院の立て直しを謳い、市長を巻き込んで金を出させることに腐心したのであった。

もちろん、そうした金の一部は沢良木が立ち上げたコンサルタント会社を介して沢良木の懐にも入っていた。

その三鷹は、そうした振る舞いから、誰が言うともなく「ミニ沢良木」と呼ばれるようになったわけだが、年齢の関係で、沢良木より1年前に退職することになったのであった。

三鷹は、これまで、沢良木の指示に従っていろいろと金の工面をしてきたが、ことごとく沢良木に上前を撥ねられていた。

一方で、三鷹は市立病院にいたことによって、自分や沢良木が受けている社会的評価を、大学という白い巨塔に守られている沢良木よりも数段敏感に受け止めることになっていた。

要は、「ミニ沢良木」と揶揄されている自分は、市立病院の院長を辞めた後、他に勤める所はないだろうし沢良木からも相手にされなくなるだろうとの予想がついたのであった。

この点では、三鷹の方が沢良木よりいくらかは社会性があり、世間が見えていたということであった。

こうした中で、三鷹は退職を前にして、最後に大博打を打つことにしたのである。

先に、閉鎖病棟に一億以上の金をかけて改装させ、新たな病棟として病院を活性化させようとしたことがあった。

この時には、市議会から横やりが入り、リベートを取り損ねそうになったので、やむを得ず沢良木に相談し、教授のお墨付きをもらうことでなんとか市議会に認めさせることに成功していた。しかし、沢良木を介したことで、リベートの多くをコンサルタント会社経由で沢良木に持っていかれた苦い経験があった。

三鷹は、もうすぐ退職することを考え、いっそ国外へでも移住しようかと考え始めていた。それはそうだろう、国内では沢良木の子分としての「ミニ沢良木」の名前が定着しており、そのことが三鷹自身の耳にも聞こえるまでになっていたのだから、退職後に働き口はないと覚悟しなければならないと思われたのである。地元の病院はもちろんのこと、中部大学医学部の関連病院がある地域では難しいと考えるのが当然ではあった。

そこで、市立病院の備品のうち、電子カルテ関係のパソコンの交換時期が来たことに目をつけ、一世一代の賭けにでたのである。

通常、必要な品目を提示し、数社から入札という形で見積もりを取り注文先を決定するのだが、ここで三鷹は思い切った手を打った。

結果として、三社が入札に応じたが、あろうことか、三鷹は院長の権限を振りかざし、一番高い見積もりを行った業者を選択したのである。

さすがに、これには事務長や副院長、さらには市長も驚き、中にはあからさまに反対を唱える者もいたが、三鷹にとっては最後の稼ぎ時であり、自分の老後に関わることということで一歩も譲ろうとはしなかった。

すでに選択した業者とは入札前から話が付いており、結果的に一番安い業者の倍近い価格の提示がなされていたのである。

三鷹は、多くの人間と話をするのは不利とみて、例によってメディアの目を気にする市長を抱き込むことにした。しかも、業者との癒着がばれないように、細かな資料は使わず口先だけで勝負することにしたのだった。

「市長、これからのＩＴやＡＩの進歩を考えた時、今は無駄に見えても、最先端のものを導入すべきです」

市長が好みそうな横文字を入れ、耳障りの良い言葉を並べたてて説得した。これも、どこかで聞いたようなやり方ということか。

「今は、高いと思うかもしれませんが、近い将来、入れておいてよかったということになりますよ。その時になって、もう一度入れ替えや追加をするとなると、結果的にもっと高くつくことになります」

「そうなると、市長としての資質も問われることになるんじゃないですかね」

最後は、恫喝にも似た形で市長を説得、いや攻めた。

市長は市長で、支払うとしても自分の懐は痛まない税金である。大義名分さえ整えられておれば良いのである。

それに、何より「今後のＩＴやＡＩの進歩」という横文字交じりの言葉は、メディア関係出身者の市長には耳に心地良いものであった。

こうして、三鷹は元手なしで一番高い入札業者に受注することに成功したのであった。

今回は、沢良木には知らせなかった。わかったところで、その時には自分は院長を辞めている頃だろうし、もう沢良木と会うこともないだろうと腹を括ったうえでの決断であった。

結局、その業者には、不必要なものまで含めて、値引きもなしで納入させることに成功した。そして入札額の半分近い儲けを、自分と業者とで六、四で分けることに成功したのだった。

その業者から、使わない機器も含めて納入が完了した数カ月後、三鷹は退職した。

ここでも、退職金が支払われたが、知る者があれば、まさに盗人に追い銭であった。

三鷹の退職時には送別会が開かれるでもなく、次はどこへ行くとも誰に告げるわけでもなく、いつもの帰宅と同じ調子で姿を消すことになったのである。

残された院長室には、段ボールに詰められた本や筆記道具などがあったものの、事務長に「適当に処分しておいてくれ」と言い残されただけといったことであった。

むろん、かつては親分と慕った沢良木への挨拶もなかったという。


しばらくして、そんな噂話が、私のところにも聞こえてきていたが、長く市立病院に出入りしているMRさんに聞いても、三鷹の行先は杳としてしれないとのことであり、「どうも、海外に出たという噂ですが、まさかね」といったことであった。


やがて、悪事千里を走るの喩え通り、三鷹が辞めて数カ月後には、沢良木の耳にもこの話が届いていた。

沢良木自身、自分が行った人事でありながら、金の匂いが薄らいだ頃から三鷹には関心がなくなってきていた。もっとも、大学内でそれどころではないということもあったし、加代子のことでもいろいろあった時期と重なったということであった。

気が付くと、市立病院から三鷹が消えており、次の院長は市立病院内で沢良木に相談もなく決められており、沢良木の出番はここでもなくなっていた。もちろん、市立病院側の沢良木への報復ということではあった。

しかし、三鷹が残していった錬金術の話は、沢良木の欲望を掻き立てるには充分であった。

そう、最後の荒稼ぎであり、それが目の前の研究費であった。

自分が手を汚すことなく、それでいて自分の地位が与えてくれる金であると勝手な解釈を加えたうえで、いつものように医局の口座から自分の口座へ何のためらいもなく振り込むことにしたのであった。

この時点では、そんな悪辣なことは誰も考え付かないということで、医局の誰もが気付かなかったということではあったが、分かったとしてもすでに医局員も諦めの境地であり、沢良木が辞めていく時をもうしばらく待つしかないのが現実であった。

沢良木が教授に就任してからは、何人もの心ある医局員たちが、結果的にその良心故に沢良木の意に沿わないことになり、ために辛い日々を送ることになっていた。

しかし、沢良木の退官の日が近づくにつれて、絶縁状態の同門会の宇喜多会長や、関連病院の然るべき重鎮医師達から、そうした心ある医師達への「第2外科再建計画」の打診がなされ始めることになっていた。もちろん、同門会で検討されてからの話ではあったが、沢良木には隠密裏にされはしたものの、「その時」に備えるべく準備が開始され始めたということではあった。

やっと沢良木がいなくなり、第2外科のあるべき姿が取り戻される日が来るといった明るい希望の光が、じっと冷や飯を食わされてきた医局員の胸に灯り始めてきたのである。

15. 闇の終わりに

そして、沢良木の退官の日が来た。

通常、医局のトップである教授が退官ともなると、医局や同門会が協力して「慰労会」が開かれるのだが、沢良木の場合は違っていた。

もちろん、同門会は縁を切った状態であったので関連病院の医者たちが参加するはずもなく、大学の医局員は医局員で、誰も世話役を買っては出る者もいなかった。

すでにその頃には、沢良木の退官が決定されてから後、医局に入る研究費を横領もどきのやり方で沢良木自身の口座に振り込んでいることが医局員の間で知られていたし、誰もが「さっさと辞めてくれ」であり、「感謝などするものか」であった。

さすがに、沢良木の下で腰巾着として務めていた准教授が、立場上、世話役をすることにはなったが、あからさまに「仕方ない」といった態度であった。

「慰労会」については、沢良木に相談すると法外な会費を設定させられ、ここでも金を貢がされると思われたことや、今更、関連病院の医者には声を掛けられないということから、「内輪の会」として開かれることになった。

沢良木にしてみると不満ではあったが、それなりの形ができたことに満足するしかなかった。もちろん「自分が金を出す必要がないのならやっていただきましょう」といったことであった。

当然、会は盛り上がらず、医局員たちも最初の沢良木の挨拶の時には近くにいたものの、だれも彼と話をしようとはせず、次第に沢良木のそばから離れていったのである。

その後、医局員たちが「用事があるので失礼します」とか「やり残した仕事がありますので」といった調子で一人抜け、二人抜けと帰ってゆき、公式には「簡素に」、その実、白々しい雰囲気で幕を閉じたのであった。

さて、退官後の沢良木はどうしたか。

いくつかあった「毒饅頭を食らった」といわれていた関連病院は、沢良木の退官が近づいた頃には同門会と連絡を取り合い、「沢良木の後」を見据えて動き始めることになっていた。このため、沢良木が退官後の就職先を探していろいろと打診をした時も、なにやかやと理由をつけて沢良木からの要望や意見を拒絶していたのであった。

当然と言えば当然のことではあるが、金だけの繋がりであったのだから、沢良木の息が掛かっていた関連病院とはいえ、いまさら辞めていく人間の世話まですることはないという態度に変わったということではあった。

そうなると、沢良木が行くことができる場所は一か所しかなかった。

彼が就任後、当局から潰されかけていた病院に自分の子飼いの医者を院長として送り込み、沢良木自身も甘い汁を吸っていた病院があったことはすでに書いた。そして、彼は、結局、そこに自ら提案して名誉院長というポストを作らせ、そこに収まることになったのである。

沢良木にしてみれば、潰されかけていた病院を再建してやったのだから「貸しを返してもらう」とでもいった態度であったという。

通常、退官した教授には、在任中の功績に応じてのことではあるが、大学から名誉教授の称号が贈られるのである。しかし、これまでの沢良木の行状から、それも見送られることになっていた。その上に、同門会との絶縁状態にあることから、沢良木は教授を辞めた後は全くの孤立無援となり、自分が教授を辞める直前になって、その病院になんとか作らせた名誉院長の席に就くのが関の山ということになったのである。

こうした一連の動きは、端から見ると惨めな人事とも思えたが、沢良木自身はこれまでに蓄えた金もあるということで、今更役職に拘ることもなく、あとは悠々と生きていくのだと開き直っていた。それに「律子もいる」であった。

どうやら、沢良木にとっての「教授」は名誉欲と金欲を満たすためのひとつのポジションに過ぎなかったようである。

一方で、彼が去った第2外科医局、さらには中部大学医学部には、彼の足跡はないに等しく、というよりもそれを消し去る動きが出始めていた。彼の退任直後には、本人が居なくなった開放感からか、これまで語られることがなかった悪行が堰を切ったように並べ立てられた。しかし、余りの酷さに、次第に口にするのも憚られることになり、やがては語られる彼そのものが居なかったかのような雰囲気が出来上がっていくことになった。

もちろん、司直の耳に入ることを恐れたこともあったが、それだけ沢良木が異様であったということであった。

沢良木が居なくなってしばらくした医局については、関連病院の重鎮の言葉を借りれば「医局の雰囲気がずいぶん変わりました。ご安心ください」であった。

沢良木が退官後、件の病院へ移ったという話を聞いた私は、ずいぶん前に高司から初めて聞かされた沢良木の話を思い出していた。そして、沢良木が教授に就任した時の高司からの電話のことも、その怒鳴るような肉声まではっきりと思い出すことになっていた。

私は沢良木が退官したことを高司に電話しようかとも思ったが、また、偶然に学会場で出会った時に、今度は自分から彼を誘って話すことにしようと考え直した。今から高司に話したところで、「今更、それで何か変わるのかねえ」と、いつもの醒めた返事をする高司の顔が浮かんできたからであった。

それにしても、初めて高司から話を聞かされてから、あっという間に十数年が過ぎたようでもある。沢良木とは違う医局ということで、彼のことを外から見聞きすることになっていたとはいえ、今の私は、質の悪い長編映画でも見終わったような、あるいは長い悪夢から醒めたような重苦しい気分が残ることになっている。一体、いつになったら。この嫌な気分が晴れるのだろうか。

16. 闇に射す光

沢良木が退官し、名誉院長に就いてしばらくした頃、地元税務署の一室で会合が持たれた。沢良木が教授就任後、検察に訴えられ不起訴になった事件があった。しかし、その後も訴えの内容に興味を持ち、気長にその動向を追っていた捜査官達がいたのである。地元警察捜査2課の捜査官である。

そして、沢良木との別れを決めた加代子が送り付けた二重帳簿の原本を手にすることになった税務署の担当官がいた。担当官は、その内容に興味を持ち、「収賄」を念頭に捜査2課の捜査官に問い合わせをすることになったのである。

ここで、警察と税務署の「線」が初めて交わることになった。そして、何回かのやり取りがあった後、税務署内で合同会議が開かれることになったのである。

公立大学の教授と言えば公務員であり、現職の教授には、警察もうかつには手が出せなかった。しかも、当時、地元の検察で一旦不起訴処分になった男である。それが、今は民間病院のただの雇われ医者であり、一方で脱税を疑わせる資料が提供されてきているのである。

「税務調査官の渡辺です。ご足労頂き有難うございました。今日はよろしくお願いします」

会合の場を提供した税務署の渡辺が最初に挨拶をして、部下の木下を紹介した。

税務署からは、加代子が送り付けた資料を検討した渡辺と部下の木下が出席しており、彼らの席の前には加代子が送った帳簿の他にコンサルタント会社に関する資料が積み上げられていた。

「県警捜査2課の近藤です。よろしくお願いします」

渡辺の挨拶に応じて、捜査2課の近藤が挨拶し、同僚の山川を紹介した。

それぞれに名刺交換を終えると、席に着いた。

近藤の前には、かつて検察に起訴された時の資料も置かれていた。さらに、沢良木の大学でのMRとのやり取りや、関連病院とのやり取り、さらにはコンサルタント会社設立の書類など、丹念に事情聴取して集められた資料が関連事項ごとにまとめられて置かれていた。そこには沢良木のマンションの賃貸の実態や加代子、律子といった女性の存在とそのマンションの賃貸の内容、果ては沢良木の家族が借りているマンションのことまでが調べ上げられていた。

沢良木が検察に起訴され不起訴になって以来のことであるので、10年近い期間があったのだが、県警は気長にその行動を追跡し記録していったということであった。時には、沢良木が使った業者のライバル会社などから、沢良木に悟られないように配慮したうえで、噂話として流れていた情報の裏を取れる形で証拠資料や供述も集められていたのである。

さらには、沢良木が退官を控え、息のかかった関連病院も沢良木との縁を切る動きが出始めた頃からは、県警の任意聴取にも応じる人たちが増えたこともあって、最近の数カ月で一気に沢良木の行状に関する資料が揃えられることになっていた。

そうしたものの中には、かつては噂程度でメモしていただけものが現実に行われていた証拠となる受領証であるとか、指導料のやり取りの銀行への振り込み記録など、これまで表に出てこなかったものまでが揃えられることになっていた。

「毒饅頭を食らった」関連病院でも、沢良木のやり方に納得はしていない人間もいたようで、いや、むしろ皆が皆、ただただ我慢を強いられてのことであったということで、全ての不審なやり取りを記録していた病院や個人的に記録していた事務長もいたのである。

一番年長と思われた税務調査官の渡辺が、「今回は、お集まりいただき有難うございます」と県警捜査官の二人に改めて礼を述べたうえで、「早速、中部大学医学部前教授の沢良木健太の脱税容疑と収賄並びに公務員法違反の容疑についての情報交換会を行いたいと思いますので、よろしくお願い申し上げます」と続けた。

その流れで渡辺は、何者かから送られ、たくさんの付箋が挟まれている帳簿を手元に引き寄せると発言した。

「それでは、私の方から沢良木の脱税を裏付ける金の流れについて説明させていただきます」

渡辺の動きに呼応して、県警の近藤と山川が記録を取るためにノートを開いた。

沢良木が絡む金の流れと、県警が摑んだＭＲや人、物の動きが、一つ一つ時系列に付き合わされていくという膨大な作業が開始された。

これまでの沢良木が作り出した長く深い闇に、ほんの小さな光ではあるが、一条の光が射し込んだ瞬間であった。

あとがき

さて、長い暗闇のトンネルを、本当に抜け出せる時が来るのでしょうか。また、この第2外科の医局がどのように再建され、同門会との関係修復ができるのでしょうか。あとは、わが国の司直の力を、そして心ある医師達の力を信じるのみではありますが、まだ「闇の終わり」は見えてはきません。

ひょっとしたら、今この時にも、日本のどこかで同じような闇が蠢いているのかもしれません。

ここに書いたお話は、あくまで「実際に存在する病院や人物とは関わりはありません」ということであり、あってはならないことと考えます。しかし、一方で、世の中には似たようなことがあり、こうして書き残しておかねばならないというのが「現実」のようです。

２０２１年の年明け早々に、ある大学の医学部教授が賄賂を受け取ったということで逮捕されていましたが、ここで書いてきた沢良木からすればたいしたことはないという感想を持たざるを得ません。数学者である秋山仁さんの口癖の「悪は栄え、巨悪は眠る」ということなのでしょうか。

コロナ禍による医療崩壊や少子高齢化に伴うベッド削減計画など、今の医療を囲む情勢は暗い話題に事欠かないご時世ですが、せめて、医療を提供する先生方には「聖職」とまでは言わないまでも、患者さんに、そして何よりご自分に対して誠実な仕事を行い、明るい未来を築いていただきたいと期待しています。

この作品は、いろいろな地域でのいろいろな話を基にし、そこから想像を膨らませ、その象徴として沢良木という人物を登場させて書き溜めてきたものです。「沢良木」に絡んで、どれだけの金が流れ、医療界にどれだけの負の影響を与えたかはわかりませんが、せめてもこうして書き記すことで、医療界の自浄作用を促し、医療関係者の方々が晴れ晴れとした気持ちで胸を張って、本来の仕事に集中できる日が来ることを願っています。

白く輝いているべき医療の中に巣くう闇、「ダーク・イン・ザ・ホワイト」を終えるにあたり、いつの日かこうした闇に光が当てられ、誰もが信じることのできる正しい医療体制が構築されることを祈念しています。

令和5年春

著者プロフィール

倉田　一平（くらた　いっぺい）

某大学医学部卒業後、臨床医として勤務中。

ダーク・イン・ザ・ホワイト
Dark in the White　―医療界の闇―

2023年6月15日　初版第1刷発行

著　者　倉田 一平
発行者　瓜谷 綱延
発行所　株式会社文芸社
〒160-0022　東京都新宿区新宿1－10－1
電話　03-5369-3060（代表）
03-5369-2299（販売）

印　刷　株式会社文芸社
製本所　株式会社MOTOMURA

ISBN978-4-286-23245-4